함수의 값 :
잎이와 EP
사이

초판 1쇄 발행 | 2018년 06월 15일
지은이 | 백승연
펴낸이 | 최윤정
펴낸곳 | 바람의 아이들
만든이 | 최문정 이창섭 박한솔 양태종 이소희
등록 | 2003년 7월 11일(제312-2003-38호)
주소 | 서울시 마포구 동교로 17안길 43-4
전화 | (02)3142-0495 팩스 | (02)3142-0494
이메일 | windchild04@hanmail.net
제조국 | 한국
구독 연령 | 11세 이상

ISBN 979-11-6210-014-1 4800
     978-89-90878-04-5(세트)

「이 도서의 국립중앙도서관 출판예정도서목록(CIP)은 서지정보유통지원시스템 홈페이지(http://seoji.nl.go.kr)와 국가자
료공동목록시스템(http://www.nl.go.kr/kolisnet)에서 이용하실 수 있습니다.(CIP제어번호:CIP2018014282)」

함수의 값 :
잎이와 EP
사이

백승연 희곡

등장인물

———

잎이

윤이수 (여, 고등학생)

강서인 (여, 고등학생)

배준우 (남, 고등학생)

이민규 (남, 고등학생)

박예린 (여, 고등학생)

그 외 학생 다수

수학 선생님

기숙사 사감 선생님

놀이 교구 선생님

이수의 부모 (목소리)

———

무대

극 속의 장면들은 과거와 현재를 넘나든다. 따라서 구분 장치가 필요하다. 회전 무대를 활용하거나 무대를 1, 2, 3층으로 만들어 현재와 과거를 나누어 표현하는 방법이 있겠다. 무대 가운데 문을 설치해 구분하는 방법도 있다.

무대 가운데 문을 설치하는 경우라면 다음과 같이 해볼 수 있다. 현재 장면에서 이수는 교복 치마 위에 하얀 티를 입고 있다. 과거로 넘어가는 문 안쪽 고리에는 교복 재킷이 걸려 있다. 과거 장면으로 넘어갈 때 이수는 문을 지나 이 재킷을 입는다. 다시 현재로 올 때는 벗어서 원래 자리에 걸어놓는다. 과거 무대 끝에는 작은 문이 하나 더 있다. 어린 시절 장면으로 넘어갈 때 이수는 이 문에 교복 재킷을 벗어 걸어놓고 문을 통과한 다음, 안쪽에 걸려 있는 초록 잎사귀 모양의 어린아이용 머리띠를 머리에 두른다. 다시 돌아올 땐 그 머리띠를 원래 자리에 걸어놓고 문을 나와 교복 재킷을 입는다.

잎이는 극의 처음부터 끝까지 무대에 있다. 이수가 과거 무대로 이동할 때 잎이는 현재 무대에 그대로 남아 과거 무대의 소리에 귀를 기울인다. 그러다가 아무 때나 제멋대로 과거 무대로 넘어가서 다른 주인공들의 행동을 지켜보기도 한다. 한마디로 잎이는 예측 불가한 어린아이 같은 존재다. 잎이는 문에 구애받지 않는다. 문 옆이나 앞쪽을 이용해 과거와 현재를 자유로이 오간다. 다만 잎이의 이런 돌출 행동이 관객의 몰입을 크게 방해하지 않도록 주의할 필요가 있다.

1막

프롤로그

9월 29일 오후 5시, 사건 발생.

어둠 속에 외마디 비명 소리.

이어서 묵직한 것이 바닥에 떨어지며 내는 "쿵" 소리가 들린다.

1장

당일 오후 6시, 사건 발생 한 시간 후. 미술실.

무대 밝아진다.
한가운데 커다란 이동식 화이트보드가 있고 그 주변에는 데생용 석고상과
이젤, 물감 등 미술 도구와 의자가 흩어져있다.
이수는 화이트보드에 수학 수식을 적으며 혼잣말을 중얼거리고 있고 잎이
는 온 몸에 하얀 천을 두르고 하얀 가면을 쓴 채 바닥에 가만히 누워있다.

이 수   함수 $f(x)=y$, y는 f에 의한 x의 함숫값, 오로지 하나뿐인
              값…… 절대적으로 엄밀한…… 완전무결의…… 잎이, 잎
              이…….

잎이, 그 소리를 듣고 벌떡 일어난다.

잎 이   잎이? 그게 내 이름이야?
이 수   (깜짝 놀라며) 누구야?

잎 이	네가 방금 잎이라고 했잖아.
이 수	잎이?
잎 이	응. 잎이.
이 수	잎이가 뭔데?
잎 이	글쎄. 잎이가 뭘까? 잎사귀인가? 아님 영어 스펠링 E하고 P? 둘 다 똑같이 들리잖아. 잎이, 영어 알파벳 E. P.
이 수	나뭇잎 할 때 잎, 그 잎이야.
잎 이	봐. 역시 나를 아네.
이 수	(화들짝 놀라며) 어? 아냐. 난 몰라, 몰라.
잎 이	불러놓곤.
이 수	널 불러? 내가? 왜? 왜?
잎 이	왜? 그 답은 네가 해야지.
이 수	내가 널 불렀다고? 자신이 잎이인지 알파벳 E와 P인지도 모른다는 애를?
잎 이	그랬지.
이 수	왜? 왜?
잎 이	왜왜 왝왝, 왜가리 왝왝. 왜뚤뻬뚤 왜, 왜, 왜, 왜.
이 수	뭔 소리야, 갑자기?

잎 이	넌 네가 누군지는 아니?
이 수	나야 윤이수지. 1학년 3반 29번 윤이수.
잎 이	29? 소수잖아. 그건 맘에 드네.
이 수	소수도 알아?
잎 이	난 모르는 게 없어. 완벽한 존재거든.
이 수	자신이 누군지도 모른다며 무슨?
잎 이	내가 누군지는 네가 대신 알 테니 그거야 뭐.
이 수	내가 어떻게 알아?
잎 이	그럼 누가 알아?
이 수	그건 네가……. 아, 뭐야? 그 가면 벗으면 되잖아. 그런 건 왜 쓰고서, 참나…….
잎 이	벗겨줘.
이 수	내가? 시, 싫어.
잎 이	싫어? 가면 벗으라며?
이 수	하고 싶음 네가 직접 해.
잎 이	이거 봐. 안 벗겨진단 말이야.
이 수	나도 못해. 안 돼.
잎 이	안 돼? 그럼 이 문제를 풀어줘. 이 함수.

이 수	함수? 무슨 함수?
잎 이	'나는 누구일까'라는 함수.
이 수	좋아. 수학 문제라면 얼마든지. (화이트보드에 적으며) $f(x)=y$, y는 너, 잎이라는 애. 자, 이제 $x=y$가 되는 x값을 찾으면 되는 거지?
잎 이	무슨 함수야? 일차 함수? 삼각 함수? 아님 원 함수?
이 수	아직은 모르지. 정의역도 공역도 치역도 모르겠고. 이 함수에 대한 단서가 너무 없어.
잎 이	없긴 왜 없어?
이 수	뭐가 있는데?
잎 이	……. (이수를 가리킨다)
이 수	나? 내가 단서라고?
잎 이	……. (고개를 끄덕인다)
이 수	내가 단서? 내가 단서…… 넌 나와 함께 여기 있다. (주변을 둘러보며) 여기가 어디지?
잎 이	미술실.
이 수	지금 시간은?
잎 이	(창밖을 흘낏 보고) 석양이 지고 있네. 그럼 대략…….

함수의 값 :잎이와 EP 사이

이 수	대략? 그런 애매한 태도, 난 정말 싫거든.
잎 이	몇 신지 몰라.
이 수	참 맘에 안 드네.
잎 이	(어깨를 으쓱해 보이며) 대략 오후 여섯 시.
이 수	흠. 지금 오후 여섯 시라는 때에 너, 잎이라는 친구는 미술실에 나, 윤이수와 단 둘이 있다, 이거잖아. 그렇다면……서…… 음…….
잎 이	누구?
이 수	서인이, 강서인. 그래. 가능한 답은 단 하나, 강서인이야.
잎 이	강서인?
이 수	간단하네. 이 함수 문제.
잎 이	맞기는 한 거야, 그 답?
이 수	그럼. 연역 추리잖아. 전제가 확실하고 분명하니 결론은 백 퍼센트 옳지.
잎 이	증명해봐, 네 추리가 맞는지.
이 수	그야 쉽지. 전제가 참인 걸 보여주면 되잖아.
잎 이	어떻게 보여줄 건데?
이 수	서인이와 내 이야기를 들려주면 되지.

잎 이   빼놓지 말고 다! 알았지?

이 수   걱정 마셔. 빈틈없이 정확한 증명을 위해서 서인이, 너와
　　　　　내가 처음 만난 날부터!

조명, 어두워지고 이수는 과거 무대로 이동한다. 이수가 과거로 이동할 때,
잎이는 이수와 같이 이동하거나 현재 무대에 그대로 머물러도 된다.

2장

2월 26일, 사건 발생 일곱 달 전. 학교 기숙사의 이수와 서인의 방

양쪽으로 침대와 책상, 의자가 있다.
이수는 침대 머리에 몸을 기대고 비스듬히 앉아 있다. 한 손에는 샌드위치
를 든 채 무릎 위에 노트를 놓고 열심히 수학 문제를 푸는 중이다.
서인, 큰 캐리어를 끌고 안으로 들어선다.

서 인　(여전히 자신의 노트만 보고 있는 이수에게) 윤이수?

이 수　(얼굴을 들고) 어? 어떻게 알았어, 내 이름?

서 인　문 앞에 쓰여 있던데.

이 수　너는……?

서 인　강서인.

이 수　내 첫 룸메이트.

서 인　반갑다, 이수야.

이 수　강서인, 전국 최고를 자랑하는 이 학교에 입성한 걸 환영
　　　　한다.

서 인 아직도 꿈같아. 내가 이 학교에 들어오다니…….

이 수 꿈은 무슨? 명확한 현실이지.

서 인 넌 일찍 왔나봐?

이 수 지금으로부터 두 시간하고 이십사 분 전에.

서 인 점심이야, 그거?

이 수 응. 슬라이스 햄 한 조각과 뮌스터 치즈 두 장, 물기 덜 빠
진 양상추 한 잎. 엄마표인 관계로 맛은 물론 애정의 양도
평균 이하임. 그래도 원하신다면 반은 나눠줄 수 있음.

서 인 너도 참! 난 아빠하고 좀 전에 자장면…… 저기 학교 앞에
중국집 있더라. 거기서…… 너 혼자 점심 먹는 줄 알았으면
같이 가자고 할 걸 그랬네.

이 수 천만의 말씀. 노 땡큐.

서 인 (주변을 둘러보며) 기숙사 방이 이렇게 생겼구나. 괜찮네, 여
기……. (이수의 책상 위에 놓인 예쁘장한 화장품과 작고 귀
여운 인형들을 만지며) 와, 예쁘다.

이 수 그냥 둬.

서 인 미안. 신기해서 그만…….

이 수	도로 보낼 거야. (신경질적으로 책상 위의 화장품과 인형들을 비닐 봉투에 쓸어 담으며) 아, 짜증나. 울 엄마. 싫다는데 굳이 여기까지 들어와서 이래놓고 갔다니까. 내 책상에 남이 손대는 거 질색인데…….
서 인	'남'은 아니잖아. 엄마라며? 너, 기숙사에 혼자 두고 가려니 엄청 마음이 쓰이셨겠지.
이 수	(책상 위를 깨끗이 치우고 들고 있던 노트를 올려놓으며) 난 이거만 있으면 되는 데, 온통 자기 취향으로 쇼 한번 하고 간 거야.
서 인	쇼?
이 수	'이 정도로 너한테 신경 써줬다'라는 과시. 새아빠, 새 오빠들한테 그러더니 뭘 나한테까지……. 귀찮게…….
서 인	(놀라며) 응?
이 수	(심드렁하게) 우리 엄마, 재혼했어, 삼 년 전에.
서 인	어…….
이 수	능력도 좋아. 돈 많은 새아빠를 잡았거든. 거의 할아버지지만……. 킥킥킥.
서 인	그래서 새 오빠들……. 난 남동생 하난데. 한참 못 보겠지? 벌써 보고 싶다.

이 수	강서인.
서 인	응?
이 수	너, 지방에서 왔니?
서 인	응…….
이 수	역시.
서 인	나, 사투리 별로 안 쓰는 편인데. 부모님이 서울에 살다 내려가신 거라 집에선 서울말 써서. 그래도 티 나나 보네.
이 수	(어깨를 으쓱해 보이며) 동생이 보고 싶다하기에 집이 먼가, 했을 뿐이야.
서 인	서주시라고 여기서 좀 멀어도 꽤 큰 도신데…… 하긴, 기차 시간이 빠듯하다고 우리 아빠는 바로 가셨어. 그러니 촌은 촌인가보다, 우리 집.
이 수	촌인지 뭔지 난 안 가봐서 몰라요.
서 인	(짐 정리를 시작하며) 넌 서울?
이 수	응. (서인이 가방에서 꺼내는 작은 물건을 가리키며) 그건 뭐니?
서 인	줄리앙 석고상. 이건 모형이야. 화실에서 쓰는 건 이것보다 커.
이 수	미술하니?

서 인	아니. 이건 그냥 내 수호신 비슷한 거야.
이 수	'이면'이고 '아니면' 아니지 비슷이 뭐냐?
서 인	그런 게 있어. 이수야, 근데 넌 아까부터 그거…….
이 수	(자신의 노트를 들어 보이며) 이거?
서 인	기숙사 입소 첫날부터 공부하는 거야? 공부 잘 하는 애들이 모인 학교라 대단하겠지 하고 짐작은 했지만, 와아…….
이 수	난 지금 취미 생활 중인데?
서 인	수학 문제 푸는 거 아니었어?
이 수	수학이 내 취미야.
서 인	취미?
이 수	정확하게는 취미가 아니지. 나를 살게 하는 이유니까. 내 인생 목표하고 바로 닿아있기도 하고.
서 인	수학이?

놀라는 서인의 얼굴을 비추며 조명은 서서히 어두워진다.

3장

3월 7일, 사건 발생 여섯 달 반 전. 교실

수학 수업 중이다.

수학 선생님 잘 알겠지? 다음 페이지, 여기도 앞부분은 넘어가기로 하고 문제…….

이 수 선생님!

수학 선생님 응. 이름?

이 수 29번. 윤이수입니다.

수학 선생님 그래. 윤이수.

이 수 이런 방식은 문제가 많다고 생각합니다.

수학 선생님 문제? 무슨 문제?

이 수 본질을 제대로 짚고 가지 않으면 문제를 푸는 게 무슨 의미가 있을까요?

수학 선생님 뭘 말하고 싶은 거냐?

이 수 다른 과목도 아니고 모든 학문의 기본인 수학이잖아요. 근원을 파고들어야지요.

수학 선생님 설마 진도가 빠르다고 불평하는 건 아니지? 선행은 이미 다들…….

이 수 선행은 뭐 아무래도 상관없어요. 그런 얘기가 아니라, 예를 들어, 함수란 무엇인가, 이런 걸 생각해보면요.

수학 선생님 함수의 정의?

이 수 함수의 정의. 공집합이 아닌 두 집합 X, Y에 있어서 X의 각 원소가 Y의 원소에 하나씩 대응할 때 이 대응을 X에서 Y로 가는 함수라고 한다. 이때 X의 원소 하나에 대응하는 Y의 원소는 반드시 오로지 하나만 결정된다.

수학 선생님 잘 아네. 그런데?

이 수 이런 함수가 존재할 수 있는 근본 원리는 무얼까요?

수학 선생님 집합, 원소…….

이 수 더 본질적인 거요. 수학의 근본 토대부터 철저히 검토하고 싶거든요. 기초를 명확히 하지 않으면 그 위에 쌓는 논리는 그야말로 모래성이 될 테니까요.

수학 선생님 수학 기초론……. 이거, 고등학교 수학의 범위를 벗어나는데…….

예 린 선생님! 그냥 진도 나가요.

이 수	(발끈하여) 고등학교 수학은 수학 아닌가요? 수학의 기본 원리를 엄밀히 따져보지도 않고 문제 풀이만 한다? 수학을 대하는 진정한 자세가 아니지요.
수학 선생님	좋아. 좋은데……. 옆의 친구들 표정 좀 봐라.
민 규	윤이수. 여유도 많으셔.
예 린	그런 훌륭한 일은 혼자 있을 때나 실컷 해.
이 수	'그런' 거란 뭘 말하는 건지 명확히 말해줄래?
민 규	적당히 좀 하자.
이 수	'적당히'라니? 수학을 말하는데 어떻게 '적당히'라는 말이 나와?
예 린	(얼굴을 찌푸리며) 잘난 척.
민 규	덕후냐? 또라이냐?
수학 선생님	자, 자. 이름을 말하고 의견을 말해주기 바란다.
민 규	이민규인데요.
수학 선생님	좋아. 이민규 의견은?
민 규	시간이 아까워요. 우리 경쟁자들은 지금 이 시간에도 눈에 불을 켜고 문제 열 개는 더 풀고 있을 텐데 우린 이게 뭐예요?
이 수	진짜 수학을 하자는 데 시간이 아깝다고?
준 우	(손을 들고) 선생님.
수학 선생님	응?

준 우	저는 배준우입니다. 윤이수 의견이 꼭 잘못 된 건 아니라고 봅니다.
수학 선생님	그래?
준 우	다만, 저희 고등학생에게 대학 입시는 선택 가능한 변수가 아니라 이미 정해져 있는 항수입니다. 그러니…….
이 수	대학가서나 해라? 하지만 대학 가선 또 취직 준비다 뭐다 하면서 다시 미룰 거잖아?
준 우	내 말은 지금 우리의 현실을 무시해서도 안 되고 무시할 수도 없다는 거야.
이 수	현실, 현실! 그래. 평생 1점, 2점만 쳐다보고 살아. 어차피 본질을 파고들 의지가 전혀 없잖아, 너흰.
예 린	선생님, 전 박예린입니다. 윤이수는 혼자 잘난 척을……. 음, 개인 의견을 모두의 수업에 강요하고 있어요.

수업 마치는 벨 소리 울린다.

| 수학 선생님 | 자, 자, 그만 하고. 윤이수는 관심이 같은 친구들 모아서 방과 후 모임이나 동아리를 만들어 봐. 다음 수업은 원래 예정대로 진행하겠다. 오늘은 이상. |

함수의 값 :잎이와 EP 사이

선생님이 교실에서 나가자 학생 몇몇이 모여 대화를 나눈다.

이수는 다른 아이들의 대화에 끼기는커녕 전혀 신경 쓰지 않고 수학 책을 펼쳐들고 몰입한다.

서인은 조금 떨어져서 이수와 학생들을 번갈아 쳐다본다.

예 린　　아, 피곤해, 피곤해.

민 규　　그대를 또라이로 인정하노라, 윤이수. 완전 인정.

예 린　　선생님은 무슨 모임을 만들라는 거야?

민 규　　누가 하냐, 그딴 거?

예 린　　이수 혼자서 잘 해 보라고 해. 저 혼자 잘났고 저 혼자 심각하잖아, 우리 언니하고 똑같네, 똑같아.

민 규　　그 천재 누나?

예 린　　천재는 무슨? 어쩌다 공부 좀 잘한 것 가지고…….

민 규　　우리 학교 선배로 유명하잖아. 뭐든 다 잘 했다며?

예 린　　집에서 지겹게 듣는 얘길 너까지 왜 이래? 됐네, 됐어. 어휴, 선생님은 뭐야? 그냥 진도 나가지 왜 저런 이야기를 일일이 다 들어주고…….

민 규　　그러게 말이다. 열라 짜증난다.

예 린　　이민규, 너, 아까 뭐라고? 지금 이 시간에 우리 경쟁자들이 뭐?

민 규	내가 틀린 말 했냐? 우리가 한 눈 팔면서 시간 허비하는 이 순간에 경쟁자들은 달리고 달려 저만치 앞서 나가버린다네, 친구!
예 린	어이구, 모르는 사람이 보면 엄청 범생이인 줄 알겠다.
민 규	몰랐냐? 내가 한 범생한다. (교과서를 들여다보고 있는 준우의 어깨에 손을 올리며) 이 친구만큼은 아닐지라도.
예 린	범생 좋아하네. 중학교 때 게임에 빠져서 지내던 시절은 까맣게 잊었어?
민 규	야! 언제적 이야기를…… 내가 개과천선한 지 오래구만.
예 린	그러게. 너희 아버지한테 들켜서 죽다 살아났잖아, 그때.
민 규	어쨌든 이 학교 들어왔잖아. 얼마나 훌륭하냐?
예 린	너희 엄마가 훌륭하시지. 말썽꾸러기 아들을 학원 뺑뺑이 돌려 구제해 놓으셨으니…….
민 규	그러는 너는 너희 엄마가…….
예 린	시끄럽다. 됐고. 준우야, 너 수학 경시 나가지?
민 규	(준우에게) 수학 경시도? 우리하고 경제 대회 나갈 거잖아. 예린이하고는 영어 토론도 같이 한다며? 예린이, 쟤야 쟤네 언니가 했다는 건 토론 대회고 스피치 대회고 뭐고 다 죽어라 해대지만…….

함수의 값 :잎이와 EP 사이

예 린	이민규! 그만하라고. (사이) 준우야, 거기, 이수도 나가?
민 규	윤이수가 수학 경시를? 또라이인줄 알았더니 수학을 잘하긴 하는 거였어?
준 우	그게 말이지…….
예 린	나도 듣긴 했어. 이수가 경시 준비팀에 자기 안 끼워준다고 항의하고 난리였다며?
준 우	후유, 걔가 좀 딱해. 같이 하고 싶어도 선행을 제대로 했나, 학원 경시 준비반을 다녔던 것도 아니고…….
예 린	그 정도야?
준 우	들쭉날쭉 자기가 좋아하는 부분만 골라서 공부한 것 같더라고. 알잖아, 그래가지곤…….
예 린	경시는 어림도 없지.
민 규	그러면서 왜 거길 나가려고 했대?
준 우	내가 보기엔 이수가 뭔가 오해한 거 같아.
민 규	오해라니?
예 린	척 보면 모르냐? 수학 가지고 잘난 척 하는 덴 줄 안 거지. 경시에 대해 쥐뿔도 모르면서.

민 규	헐! 외계인이야? 그런 애가 어떻게 우리 학교에 들어올 수 있었대?
준 우	중학교 때 성적은 잘 나왔겠지.
민 규	어이구야, 그거만 믿고 왔다 큰 코 다치는 사람들, 선배 때부터 대대손손 많다네. 여기 한 명 추가요!
예 린	난 또…… 혹시 뭐가 있나 했지. 저런 애들은 꼭 그러더라. 우리 집에도 하나 있어. 아무것도 아니면서 잘난 척은.
서 인	(고개를 절레절레 흔들며 혼잣말) 지금 겨우 3월인데……. 토론 대회, 수학 경시 대회. 화학, 물리 올림피아드, 무슨 경연 대회, 뭐라는 아이디어 대회, 대회, 대회, 대회……. 어디서 정보를 얻은 거야? 입학하고 한 달도 안 됐는데 다들 대입 경주의 중반을 달리고 있어. 내가 낄 자리는…… 아무데도 없어. 팀은 입학하기도 전에 다 짜였고 준비는 이미 반 이상 진행 중이고……. 난 지난 겨울에 뭘 한 거야? 다들 이리 뛰고 저리 뛸 때 난…….
민 규	야아, 나, 경제 동아리 합격했어.
예 린	시끄러워. 호들갑은…….

민 규	딱 다섯 명만 뽑는다는 동아리야. 거기 됐다고, 내가!
예 린	너희 중학교 선배들이 꽉 잡고 있다며, 그 동아리. 당연히 되는 거 아니었어?
민 규	모르는 소리 마라. 후배라고 다 뽑아 주냐? 내가 여기 합격하려고 얼마나 애썼는데.
예 린	너희 엄마가 선배 엄마 만나러 다니느라 애쓰셨지, 네가 무슨?
민 규	야! 뭔 소리야?
예 린	암튼 부럽다. 그 동아리 되기만 하면 대입용 스펙은 완벽 보장이라며?
민 규	헹! 넌 영어 토론부 됐잖아? 다들 못 가서 안달이던데, 거기.
예 린	운이 좋았던 거지.
민 규	운 좋아하네. 너희 언니가 했다는 동아리 너도 들어가겠다고 방학 내 토론 학원에 과외에 수억 쓰셨다며? 내가 모를 줄 아냐?
예 린	언니 얘기하지 말라니까. 재수 없어, 걔.
민 규	왜? 너무 잘 나서 질투 나냐?
예 린	자꾸 내 속 긁을래? 저만 잘난 줄 안다고, 걔는.

민 규	그래서 그 언니 이겨먹으려고 최고로 비싼 학원돌면서 수 억 쓰신 거였어?
예 린	수 억은 무슨? 너희 엄마가 수 억 쓰셨지. 너, 인간 만드느라고.
민 규	좋아, 좋아. 인심 썼다. 수 억 말고 수 백 정도로 낮춰드리지.
예 린	에고, 감격해 눈물이 앞을 가리네요.

서 인	(혼잣말) 난 다 떨어졌어. 이게 말이 돼? 동아리조차 몽땅 불합격이라니⋯⋯. 어떡해? 어디에 가서 뭘 해야 상을 탈 수 있는 거야? 스펙은 어떻게 해야 쌓을 수 있는 거니? 난 하나도 모르는데, 가르쳐 줄 선배 한 명 없는데⋯⋯. 다 막혔어. 사방에 보이는 거라고는 벽, 벽⋯⋯ 온통 시커먼 어둠, 암흑⋯⋯. 난 어느 쪽으로 발을 내딛어야 하니? 어디부터 잘못한 거니? 아무것도 모른 채 이 학교에 들어온 거? 그렇구나. 애초에 이런 대단한 학교를 다닐 자격이 없었어. 그것도 모르고 합격했다고 그저 붕붕 떠서는⋯⋯. 한심한 머저리! 바보!

서인, 절망하며 주저앉는다.

조명, 어두워진다.

4장

3월 10일, 사건 발생 여섯 달 반 전. 기숙사, 이수와 서인의 방.

이수, 침대에 앉아 수학 문제를 풀고 있는데 서인이 힘없이 축 쳐져 들어온다.

서 인   이수야…….

이 수   왜 그래? 무슨 일 있어?

서 인   어쩜 다들 그렇게 똑 부러지니?

이 수   그런 애가 어디 있다고 그래?

서 인   그 애들하고 맞서서 넌 하나 기죽지 않더라. 난 다 부러워 죽겠어, 너도 다른 애들도. 이수야, 난 어떡하니?

이 수   네가 어때서?

서 인   외국 안 나가본 애는 나밖에 없나봐. 발음이 다들……. 수학이나 다른 과목은 또 어떻고? 고등학교 과정을 이미 학원에서 다 훑고 왔대. 나만 몰랐지, 여기는 그런 애들이 들어오는 학교였어.

이 수	진지하게 생각할 줄 아는 인간은 하나도 없던데.
서 인	반장 후보로 나선 애들 봤잖아. 다들 말 잘 하는 거 봐. 나도 반장 많이 했지만 여기선 명함도 못 내밀어. 전교 회장 출신도 수두룩하고……. 이 학교엔 내가 낄 자리가 없어. 동아리 가입조차 다 거부 당했어.
이 수	동아리고 스터디 모임이고 뭐고 전부 성적하고 스펙 쌓기에만 혈안이 돼 있잖아. 진짜 수학을 아는 인간은 한 명도 없고. 난 싹 다 관심 끊었다.
서 인	그래도 되는 거야? 낙오자 되면 어떡해? 불안해 미칠 지경이야. 이수야, 이러다 학교생활 기록부 텅텅 빈자리 그대로 고등학교를 마치게 되면 어쩌니?
이 수	그럼 그런 거지. 뭐 어때?
서 인	대학은 물 건너가잖아.
이 수	흥! 대학.
서 인	성적은 또 어쩌니? 곧 시험인데. 이러다 나, 꼴찌 하는 거 아닐까? 지금부터 날 밤새워 봐야 중간도 어림없어. 아까 성적표 조작 얘기를 들었는데 정말 남 얘기 같지 않아.
이 수	성적표 조작? 누가 그래?

서 인	민규가 그러더라. 사촌 형이 그런 적 있다고.
이 수	불가능하잖아. 부모님이 인터넷으로 나이스 접속하면 바로 드러날 텐데.
서 인	맞아. 금세 들켜서 된통 혼나기만 했대.
이 수	한심하네, 한심해.
서 인	근데 있잖아, 생각할수록 그 심정 마구 이해되는 거 있지? 우리 엄마 아빠가 나중에 내 성적 보고 실망할 거 생각하면…… 차라리 콱 죽고 싶다. 난…… 이 학교 잘못 들어왔어.
이 수	서인아……. (사이) 이리 와. 여기 좀 앉아 봐.
서 인	왜?
이 수	강서인.
서 인	응.
이 수	넌 꿈이 뭐니?
서 인	꿈?
이 수	나중에 되고 싶은 거나 하고 싶은 거.
서 인	글쎄…… 그런 거 생각해본 게 언젠지 모르겠다. 중학교 때는 이 학교 들어오는 게 목표였고…….

이 수	어려서 되고 싶었던 거라도.
서 인	어릴 때? 화가였나? 음……. 한 땐 소설가도…….
이 수	너, 글 쓰니?
서 인	그냥 잠깐 그런 생각한 적 있어. 중학교 때 헤세에 빠졌을 때.
이 수	화가 겸 소설가라…… 멋진데.
서 인	에이, 그림 안 그린지 오래 됐어. 소설가는 말도 안 되는 이야기고.
이 수	왜? 화가든 소설가든 되면 되잖아.
서 인	그런 건 내겐 꿈도 못 되고 그냥 사치야. 동생도 있고 엄마 아빠가 나한테 거는 기대도 있는데……. 넌 어때? 네 꿈은 뭐야?
이 수	세상을 완벽하게 설명해낼 논리 체계를 세우는 거.
서 인	와아. 그런 게 가능해?
이 수	아직은 아니지. 그러니 내가 찾아낼 거라고.
서 인	찾아낸다고? 만드는 게 아니고?
이 수	들어 봐. 기숙사 엘리베이터를 기다리는데 두 대가 동시에 네 앞에 와서 멈췄다고 가정해 봐. 어느 걸 탈래?

서 인	그냥 아무거나. 무슨 차이가 있나?
이 수	'아무거나'라니? 노! 노! 1번을 선택한다는 건 2번이 품고 있는 기회를 놓치는 것을 뜻해. 네가 1번 엘리베이터를 탔다고 해보자. 넌 그걸 타고 1층으로 내려가 학교로 곧바로 가버리겠지. 반면에 너를 태우지 않은 2번 엘리베이터는 3층에서 멈추고 네게 호감을 갖고 있는 A라는 선배를 태우지. 넌 1번을 탔기 때문에 그 선배가 널 만나면 가르쳐주었을 중간고사 팁을 놓친 거야.
서 인	아휴, 아쉽지. 근데 우연이잖아. 운이 나빠 놓친 걸 어떻게 하겠어?
이 수	모르니까 운이고 우연이라고 하는 거야. 겉으로 드러난 모든 현상에는 깊숙이 숨어있는 이면이 있어. 완결된 체계와 철저한 논리로 움직이는 아름다운 세상 말이야. 1번이 아니라 2번 엘리베이터를 선택할 수 있으려면 그 이면의 세상을 알아볼 수 있어야 해.
서 인	이면의 세상이 따로 있다고?
이 수	예를 들어 볼까? 1, 2, 3, 5, 8, 13, 21, 34, 55……. 이 숫자들이 뭔지 알아?

서 인	글쎄, 규칙은 없어 보이는데…….
이 수	앞의 두 수를 더하면 뒤의 두 수가 돼. 피보나치 수열이라고 하지.
서 인	1과 2를 더하면 3, 2와 3을 더하면 5, 그 다음은 8…… 그러네.
이 수	알고 나니 별 거 아닌 것 같지? 이 숫자들엔 엄청난 의미가 숨어 있어. 코스모스 꽃 잎이 몇 장인 줄 알아? 8장이야. 치커리는 21장, 질경이는 34장. 다 피보나치 수열의 숫자야. 해바라기 씨의 배열이나 식물의 잎차례까지 자연엔 이 수열을 따르는 경우가 많아.
서 인	놀랍네. 꽃잎 같은 데도 그런 숫자가 숨어 있다니…….
이 수	서인아.
서 인	응?
이 수	다른 애들이 난리굿을 하던 뭘 하던 그딴 것 신경 쓰지 마. 눈앞 현상들에 현혹되면 안 돼.
서 인	그 안의 이면을 봐라?
이 수	남들 따라 까짓 스펙 하나 늘리고 그래봐야 다 헛된 거야. 진짜 자기 건 아니니까.

서 인	그래도 현실을 무시할 수…… .
이 수	현실? 현실이란 게 뭔데? 다 가짜잖아. 보여주기 위한 성적, 겉모양만 번드르르한 스펙. 그런 거나 만드는데 혈안이 돼서는…… . 난 이 모순 투성이 세상이 정말 염증 나게 싫어. 불분명, 불명확, 끔찍해. 다.
서 인	그래서 수학을 좋아하는 거구나.
이 수	수학을 통해서만 진짜배기 이면을 볼 수 있어. 새하얗고 투명한 논리가 도도하게 흐르는 이면의 세상, 난 그걸 제대로 보려는 거야. 뉴턴을 비롯해서 많은 과학자와 철학자들이 꽤 가까이 접근하긴 했어. 하지만 아직 완벽하게 알아본 이는 없어. 내가 할 거야. 그게 내 꿈이야.
서 인	새하얗고 투명…… 내 수호신처럼…… .
이 수	네 수호신? 저 줄리앙 석고상?
서 인	그건 상징일 뿐이고.
이 수	그럼?
서 인	수호신을 처음 만난 건 아주 어릴 적이었어. 남동생도 태어나기 전이었으니 네 살, 다섯 살? 그 무렵, 난 시골에서 할머니하고 둘이서 지냈어. 엄마 아빠가 다 일해야 해서. 거

긴 진짜 깡촌이었어. 당연히 같이 놀 친구는 없었고, 내 주변엔 엄마가 주고 간 그림책하고 인형 몇 가지, 집 주변의 나무와 풀, 그게 다였지. 어느 날이었어. 할머니가 한참 떨어진 이웃집에 잠깐 다녀오신다고 했는데 그 사이에 눈이 엄청 내린 거야. 펑펑펑 종일……. 온 세상을 하얗게 덮으면서…….

이 수   완벽한 순백의…….

서 인   나 혼자 눈 속에 한참 갇혀 있었대. 할머니가 동네 분들하고 같이 다음 날 새벽인가, 한참 만에 눈 사이로 억지로 길을 내고 오셨어. 사람들이 우르르 다가와 '괜찮니, 아가?' 하면서 나를 안고 업고 뭘 먹인다, 어찌 한다 야단이었는데. 근데 이상하지? 그 오랜 시간을 나 혼자 있었던 것 같지 않은 거야. 무섭기는 커녕 누군가와 놀며 편안히 보낸 느낌…….

이 수   하얀 수호신!

서 인   맞았어. 내 수호신이 눈 속에서 걸어 나와 함께 있어줬던 거지.

이 수   그럼 이 줄리앙 석고상은?

서 인	초등학교 때 엄마 친구가 하는 미술 학원에 다닌 적이 있어. 거기서 이 석고상을 봤어. 처음 보는 순간, '아, 너구나' 했어. 하얀색 때문이었을까. 차가운 석고상인데도 포근한 내 수호신을 다시 만난 기분이었어.
이 수	그랬구나. 자세히 보니 잘 생겼네, 이 줄리앙. 눈, 코, 입, 머리카락 모양까지.
서 인	원래는 미켈란젤로 작품이래.
이 수	미켈란젤로?
서 인	이탈리아의 산로렌초 성당에 미켈란젤로가 조각한 작품들이 있대. 이 줄리앙 석고상은 거기 한 부분인 거지.
이 수	미켈란젤로라면 르네상스?
서 인	맞아.
이 수	고대 그리스의 이상을 재현하려 했던 르네상스······.
서 인	미켈란젤로는 완전한 인간의 이미지를 자신의 조각상에 표현하려 했대.
이 수	야아, 이거 참. (줄리앙 석고상을 들고 물끄러미 바라보다가) 잎이······.
서 인	누구?

이 수	너와 내가 만난 건 역시 그냥 우연이 아니야.
서 인	그럼?
이 수	현상 속에는 우리가 모르는 비밀이 있어. 나와 나의 만남,
	이 필연도 그 중 하나야. 언젠가 내가 이것도 밝혀낼 거야.
	내 꿈을 이루면.
서 인	필연이라…….

조명, 점차 어두워진다.

5장

5월 25일, 사건 발생 넉 달 전. 미술실.

무대 뒤쪽에서 웅성웅성 학생들 소리가 들린다.

> "시험 끝!"
> "축제다, 축제."
> "마당극 한대."
> "가장행렬에선 뭐로 분장할 거니?"
> "동아리별로 행사도 많나봐."
> "신나게 놀아보자."

이수와 서인, 조심스레 무대를 기웃거리며 등장한다.

이 수   여기 좋네. 조용하고.

서 인   이 먼지……. 안 쓴지 오래 됐나봐.

이 수   밖은 너무 시끄러워……. 축젠지 뭔지 요란뻑적지근 딱 질색이야.

서 인		그냥 빈 교실이 아니야.
이 수		뭐야, 이거?
서 인		팔레트잖아. 이젤도 있네. 물감도…….
이 수		서인아, 이거 줄리앙이지? 네 것하고 똑같이 생겼어.
서 인		맞아. 비너스에 아그리파 석고상까지. 신기하네. 요샌 미술 학원에서도 보기 힘들다던데, 여긴 오래된 미술실 같아.
이 수		미술 수업 없지, 우리 학교?
서 인		예전엔 했대. 음악, 미술 수업 다 있었다는 얘기 들은 적 있어.
이 수		지금은 음악만.
서 인		미술 안 해서 아쉽더라.
이 수		우리가 만들까?
서 인		없는 수업을 만들어, 우리가?
이 수		수업이 아니라 동아리. 너, 동아리 안돼서 속상해했잖아. 우리가 만들지 뭐.
서 인		그러고 보니 미술부 동아리 있다는 얘기는 못 들었어.
이 수		스펙에 도움이 안 된다 생각한 거지, 저쪽 속물 여러분께서.
서 인		그놈의 스펙!

이 수	진짜 동아리다운 동아리를 우리가 만들어보는 거야.
서 인	우리 둘이서?
이 수	우리 둘이서! 우리만의 완벽한 성을, 여기에!

이수는 주변을 둘러보다 하얀 물감을 발견하고 집어 든다.

서 인	그건 왜?
이 수	오늘 가장행렬도 한다고 했지?
서 인	응. 다들 가면 주문한다, 옷을 구한다, 야단이더라.
이 수	하얀색 가면이 있으면 좋은데…….

이수는 하얀 물감을 짜서 서인과 자신의 뺨에 칠한다.

서 인	왜 그래? 뭐 하는 거야?
이 수	가만 있어봐. 이건 가면 대신이야.
서 인	어? 가장행렬 참석하려고?
이 수	잎이 공간 만난 걸 축하해야지.
서 인	무슨 공간?

이 수   모든 것의 이면, 무결점의 완벽한 세상, 잎이가 사는 곳.

       이제부터 여기가 잎이 공간이야.

서 인   잎……이?

조명, 잠시 잎이가 있는 곳을 비추고 이내 어두워진다.

6장

7월 30일, 사건 발생 두 달 전. 미술실.

무대 뒤에서 경비 아저씨가 누군가를 뒤쫓아 달리며 호루라기를 부는 소리
가 들린다.
온몸을 흰 천으로 둘둘 두른 이수와 서인, 무대 위로 뛰어나온다. 둘은 한 구
석에 나란히 주저앉으며 거친 숨을 헉헉 내쉰다. 경비 아저씨의 발소리와
호루라기 소리 커지면 둘 다 각자 손으로 입을 막아 소리가 새나가지 않게
애쓴다. 경비 아저씨의 발소리, 호루라기 소리가 멀어지면 그제야 조심스레
숨을 내쉬며 몸을 일으키는 이수와 서인.

서 인   후유, 힘들어.

이 수   경비 아저씨, 엄청 부지런하네. 방학 중인데도 이렇게 일찍
            순찰을 도냐?

서 인   하마터면 붙잡힐 뻔 했어.

이 수   우린 못 잡지, 아무도. 하하하.

서 인   쉿!

이 수	서인아, 너…… .
서 인	잠깐만! 밖에서 무슨 소리…… 아니네. 난 또 아저씨 도로 올라오셨나 했어. 이수야, 무슨 말 하려고 했어?
이 수	너, 예쁘다고. 그 하얀색 정말 잘 어울려.
서 인	너도…… 너도 그래.

둘이 서로를 물끄러미 바라본다. 잠시 침묵이 흐른다.

서인은 일부러 시선을 다른 데로 돌리려고 바닥을 내려다보다 하얀 물감을 발견하고 집어 든다.

서 인	이수야, 이것 봐.

이수가 돌아보면 서인은 이수의 이마에 하얀 물감을 칠한다.

이 수	너어…… .

이수도 서인의 물감을 뺏어 서인의 뺨에 하얀 물감을 칠하려 하고 서인은 피하려고 뒷걸음질 하다가 바닥에 넘어진다. 이수는 서인이 넘어지지 않게

도와주려다가 서인과 발이 엉겨서 함께 바닥을 뒹군다.

서 인	이수야, 괜찮아?
이 수	응. 너도 괜찮지, 서인아?
서 인	괜찮아, 난. 근데 이수야, 넌 안 괜찮아.
이 수	뭐?
서 인	네 얼굴. 호호호.
이 수	너…….

이수와 서인은 바닥에 엎드린 채 서로의 얼굴에 하얀 물감을 칠하고 장난치면서 깔깔댄다.

서 인	좋다.
이 수	같이 있으니 좋지?
서 인	방학 특별 프로그램 없었으면 어쩔 뻔 했어?
이 수	우리 남아 있게 해주려고 만들었나봐. 후후후.
서 인	그래도 다음 주엔 기숙사 비워야 하잖아. 난 싫은데.
이 수	겨우 한 주잖아.

서 인	칠 일씩이나 되지.
이 수	나중 일은 나중에 걱정하시고.
서 인	지금은 지금을 즐기자!
이 수	좋다. 사방은 조용하고
서 인	부드러운 새벽 햇살…….
이 수	눈만 내리면 완벽한데.
서 인	지금 8월이야.
이 수	어서 겨울이 왔으면 좋겠어.
서 인	새하얀 눈의 계절, 겨울…….
이 수	서인아, 약속하자, 우리.
서 인	뭘?
이 수	첫눈 오는 날, 아니. 펑펑 내리며 쌓이는 진짜 눈 같은 눈 처음 오는 날, 같이 눈 속을 구르는 거야.
서 인	온 세상이 하얗게 정화될 때.
이 수	우리도 눈처럼 완벽한 흰색이 되는 거지.
서 인	나의 수호신과 다시 만나는 날이 되겠네, 그 날.
이 수	순수하고 순결한 맑은 하양의 날, 그 날, 잎이의 날…….

조명 어두워지고 이수는 현재 무대로 이동한다.

7장

당일 오후 7시, 사건 발생 두 시간 후. 미술실.

이수는 화이트보드 앞에 서서 잎이를 바라본다. 가만히 서 있는 이수와 달리 잎이는 자유로이 무대를 활보한다.

이 수   증명 완료!

잎 이   나는…….

이 수   서인이. 넌 서인이야. 맞아. 그런 걸로 하자. 잎이 이콜 서
        인, 서인 이콜 잎이.

잎 이   그런 걸로 하자?

이 수   이제 다 됐어. 완벽하게 증명 해줬잖아. 아, 좋다. 네가 이
        렇게 무사하니…….

잎 이   무사하다니 무슨?

이 수   이렇게 잘 있잖아. 다행이다, 다행. 내 유일한 친구 영원한
        짝꿍 서인아, 너 정말 괜찮은 거지?

잎 이   뭔가…… 더 있구나?

이 수	(펄쩍 뛰며) 있긴 뭐가 있어?
잎 이	있어, 분명.
이 수	없다니까.
잎 이	뭐…… 니? 뭘 숨긴 거야?
이 수	너, 왜 그래? 이 함수 풀이는 끝났어. 전제가 옳다는 걸 증명해줬잖아. 마무리! 끝!

준우, 예린, 민규, 대화를 주고받으며 등장한다.

예 린	괜찮대?
준 우	목숨만은 다행히…….
민 규	운이 좋았네.
준 우	무슨 소리야? 아직도 안 깨어났다는데…….
민 규	나뭇가지에 한 번 걸렸다 떨어진 거 같다며? 안 그랬으면 진짜 어쩔 뻔했냐?
준 우	어휴…….
민 규	무슨 일이냐. 이게?
예 린	서인이, 걔가 워낙 내숭쟁이에 비밀도 많은 애라 짐작도 안 가…….(준우가 흘낏 쳐다보자) 아, 그니까…… 걔는 대체 어디서 어떡하다 발을 헛디딘 거야?

민 규	헛디뎌? 아닐 수도 있지.
준 우	뭐?
민 규	자살 시도라든지…….
준 우	야!
민 규	아니, 그냥 가능성, 가능성.
준 우	그랬을 리 없어.
민 규	어떻게 장담해?
준 우	그냥 알아.
민 규	네가?

예린이 그만 하라는 뜻으로 민규의 팔을 잡고 살짝 꼬집는다. 민규는 '왜?' 라고 소리 내지 않고 입모양으로만. 예린도 입모양으로만 '으이구'라고 하며 가볍게 민규를 쥐어박는다.

준 우	깨어나겠지? 걱정돼 죽겠어.
민 규	병원에 가볼까?
준 우	나도 그러고 싶은데 선생님이 외출 허가를 안 해주셔.
예 린	참아라, 참아. 지금은 가도 면회 안 시켜줄 걸.

준 우   부모님은 오셨을까?

예 린   집 좀 멀지 않니? 걔네 집 서울은 아닌 것 같던데…….

민 규   그래서 선생님들이 병원으로 총출동하셨나? 학교가 완전 초
         토화 상태야.

준 우   속이 답답해 미칠 것 같아.

민 규   어수선해서 정신을 못 차리겠어. 전교 회장 선거도 끝났으
         니 공부에 집중해야지 했는데 이런 핵폭탄이…….

예 린   야아, 막상 여기 전교 부회장도 가만있는데 네가 무슨 대
         단한 일 했다고? 하여간 허세는!

민 규   뭔 소리야? 준우 지원 부대로 내가 얼마나 열심히 뛰었는
         데. 내가 한 의리 하거든.

예 린   흥! 준우한테 붙어서 스펙 늘리라고 너희 엄마가 지시한
         거 아니고?

민 규   야! 넌 지금 그런 말이 나오냐? 친구가 의식 불명이라는데.

예 린   누가 할 소리를!

준 우   그 얘긴 그만 하자.

민 규   네. 회장님.

준 우   부회장이야.

민 규	올해는 부회장. 내년에 전교 회장 될 가능성 구십구 퍼센트.
준 우	그만 하자니까. 지금 그 얘기 할 때가 아니잖아.
민 규	예민하게 굴긴. (이수를 가리키며) 저런 애도 있는데 뭘 그러세요?
예 린	쟤, 지금 수학 공부하는 거야? 기가 막혀.
민 규	왕 또라이.
준 우	(이수에게 다가가) 너 지금 뭐 하니?

이수는 화이트보드에 수식을 쓰다가 때론 잎이를 쳐다보며 대화를 나눈다.
이수 외의 다른 친구들은 잎이를 보지도 잎이의 목소리를 듣지도 못한다.

잎 이	서인이가 병원에 있다고?
이 수	신경 꺼. 네가 귀담아들을 일 아니야.

예 린	하여간 윤이수. 어쩜 저러니?
민 규	괜히 또라이겠냐?
예 린	왕재수, 정말. 서인이하고 제일 친했잖아. 그래놓고…….

잎 이	난…… 난 서인이가 아니야.
이 수	아니긴 뭐가 아니야? 답 나왔잖아. (잎이를 잡으려고 팔을 뻗는다)
잎 이	(이수를 뿌리치고 무대 한가운데로 달아나며) 틀렸어, 네 답.
이 수	증명까지 다 끝난 문제야.
준 우	어딜 보고 말하는 거야?
민 규	혼자서 중얼중얼…….
예 린	섬뜩하다야. 왜 저래? 우리 집 왕재수도 저 정도는 아닌데…….
민 규	난 소름 돋았어. 이거 봐.
준 우	듣던 것보다 증상이 심하네.
민 규	들었어?
예 린	안 들었겠니? 별의별 소문이 다 돌잖아.
민 규	으흐흐흐흐. 새벽, 여자 기숙사 앞 운동장, 하얀 괴물…….
예 린	이민규. 장난 좀!

준 우   새벽에 어떻게 밖으로 나가지? 기숙사 경비 철저하기로
          유명하잖아.

민 규   잘 노리면 어찌 틈이 없겠어?

예 린   어련하시겠어? 피자, 치킨까지 기숙사로 몰래 배달시켜 먹
          는 그대가 가장 잘 알겠지.

민 규   '비전'이라고 그건. 선배 때부터 내려온 기숙사 '비밀 전통'.

예 린   그러세요? 소주까지 반입해서 마셨다는 얘기도 있던데요.
          그것도 전통인가요?

민 규   쉿! 어쩌다 한번 장난한 것 가지고. 우리 아빠가 알았다간
          난 바로 죽음이야.

예 린   네에 네. 압니다, 알아요.

잎 이   서인이는 내가 아니야. 서인이는 누구지? 네 베프? 유일
          한 네 짝꿍?

이 수   (벌컥 화를 내며) 넌 서인이를 몰라.

준　우　　　나? 내가 왜 몰라, 서인이를?

잎　이　　　물론 모르지. 난 나도 모르거든. 난…… 누구니?

이　수　　　넌…….

잎　이　　　나, 잎이는…….

이　수　　　감각을 초월한 저 너머의……저 건너의…….

준　우　　　누구한테 말하는 거야, 대체?

이　수　　　잎이…….

준　우　　　잎이? 그게 누구야?

이　수　　　이면의…….

준　우　　　누구냐니까? 혹시 서인이를 말하는 거야?

잎이, 이수　　(동시에) 아니야.

이　수　　　(날카롭게) 아니야! 아니라고!

준　우　　　그럼 누구야?

이　수　　　네모난 블록……. 블록 위에 블록. 블록 아래 블록. 블록
　　　　　　옆에 블록. 단단하고 튼튼한 블록, 블록…….

준　우　　　누구냐고 묻잖아!

이 수	안전한 성, 반듯하고 정확한…….
예 린	잘났어, 정말.
민 규	이수야, 근데 너 그때 서인이 봤니?
이 수	그때……?
민 규	아까 서인이 떨어질 때 말이야.
준 우	뭐? 무슨 말이야, 그게?
예 린	대박! 이민규, 너 뭐 아는 거 있어?
민 규	아니, 그건 아니고, 서인이가 떨어진 데가 여기 아래쪽 화단이니까…….
예 린	그러네. 윤이수는 만날 여기에 붙어살다시피 하고.
민 규	이수가 봤을 수도 있잖아.
준 우	이수야, 너, 서인이 봤니? 봤어?

| 잎 이 | 무슨 일이 있었니? 서인이하고……. |

| 이 수 | (화이트보드에 적으며) 함수 $f(x)=y$, y는 무사해. 튼튼한 성 안에, 완벽히 그대로……. |
| 예 린 | 야! 우리 말이 말 같지 않니? |

준 우	대답해. 서인이 봤어, 그때?
이 수	서인이…….
준 우	그래. 너…… 서인이랑 같이 있었던 건 아니지? 설마?
이 수	서인……. 함수의 값, y와 이콜인 x값…….

| 잎 이 | 틀렸어, 그 답. 그만 인정하시지. |

준 우	정신 차려, 윤이수. 서인이에 대해 묻고 있잖아.
이 수	x…… x 값은…….
준 우	이수야!
예 린	관둬. 말이 돼야 말을 하지.
민 규	하긴, 또라이한테 무슨 답을 기대하냐? 물어본 내가 잘못이지.
예 린	가자, 그냥.

예린, 민규는 준우를 무대 뒤쪽으로 이끈다. 준우는 나가다 말고 멈춰 서서 이수를 돌아본다.

예 린   나중에 조사하겠지, 선생님들이.

민 규   아님 경찰이나…….

예린, 민규는 준우를 데리고 함께 퇴장한다. 이수는 그들에게 눈길 한 번 주지
않고 화이트보드만 뚫어져라 바라본다. 잎이도 멈춰 서서 이수를 바라본다.
조명이 어두워진다.

1장

당일 저녁 8시, 사건 발생 세 시간 후. 미술실

이수는 화이트보드 앞에 서 있고 잎이는 무대 위를 서성댄다.

잎 이   이제부터 내가 직접 찾을 거야.

이 수   찾아? 뭘?

잎 이   왜 내가 여기에서 이러고 있는지.

이 수   흥! 찾을 수 있음 진즉에 찾으셨겠지.

잎 이   넌 사실을 다 말하지 않았어.

이 수   (발끈하며) 다 얘기하면 어쩔 건데?

잎 이   그걸 가지고 유추하는 거지, 내가 누군지.

이 수   귀납 추리를 하시겠다? 완벽하지 않은 방법이란 건 알고 하는 소리냐?

잎 이   그러는 네 방식은 완벽해? 괴델이 이미 불완전성 정리…….

이 수   (벌컥 화내며) 괴델이던 누가 뭐라 하던 수학은 엄정해. 순수하고 철저하다고. 여전히 최고야.

잎 이	완벽 신화는 깨졌지. 괴델이 밝혔어. '세상에는 증명 불가능한 명제가 있다.' 즉, '공리적 방법이란 완벽하지 않다!'
이 수	그래서? 넌 뭘 어쩌겠다는 건데? 귀납 추리? 귀납 추리로는 '그럴 것이다' 정도의 답만 간신히 건질 뿐이야. 백 퍼센트 완벽한 결론은 절대로 못 얻는다고.
잎 이	우선 사실을 추적할 거야. 완벽하든 부족하든 결론은 그 다음이고.
이 수	완벽하지 않아도 된다고? (분노로 떨며) 서인이하고 똑같아져 버렸어. 네가, 네가 어떻게…….
잎 이	내가? 뭐가 어때서?
이 수	오염됐어.
잎 이	뭐?
이 수	더럽다고. 애퇴퇴! 시궁창 냄새가 진동해.
잎 이	무슨 소리야? 자꾸 해석해대지 말고 있었던 일만 말해. 사실! 사실!
이 수	그래. 그래. 그렇게 원한다면 이야기해주지. 무언가를 안다는 게 얼마나 잔인한 일인데……. 나중에 후회해도 소용없다. 난 경고했어.

잎 이	무슨 일이 있었니? 너, 혹시 서인이를…….
이 수	다 얘기해주겠다니까. 그 놈의 여름 방학! 그때부터. 그때부터!
잎 이	여름 방학?
이 수	개학을 앞두고 일주일. 그래. 딱 일주일 동안만 집에 다녀온다고 했어.
잎 이	서인이가?
이 수	그전까진 눈처럼 하얗고 맑기만 한 친구였어. 그런데, 그런데…….
잎 이	그런데?
이 수	그 이후로 엉망이 돼 버렸어. 어떻게 그리 된 거지? 어떻게 그럴 수 있어? 그전까진 절대……. 어? 아니다, 아니야.
잎 이	아니면?

과거 무대에는 마당극 팀들이 입장, 가면을 쓰고 의상을 입으면서 서서히 마당극 펼칠 준비를 한다.

이 수   맞아. 생각났어. 그 마당극.

잎 이   축제 때 마당극 말이야?

이 수   그때였구나, 그때. 이미 시작된 거였어.

2장

5월 25일, 사건 발생 넉 달 전. 학교 광장

준우, 민규, 예린 등장. 마당극을 구경하기 위해 자리를 잡고 앉는다.
학생2와 3은 앉아 있고 범과 학생1만 일어나서 마당극을 시작한다.
마당극이 시작돼도 이수는 현재 무대에 그대로 서서 혼잣말을 계속한다.

범   어흥!

학생1   에고, 놀래라.

이 수   몰랐어, 그땐 몰랐어. 이미 시작됐다는 걸…….

범   여긴가? 잘나고 똑똑한 학생이란 사람들이 모두 모여 있다는
           곳이.

학생1   뉘시오?

이 수   오염, 뒤틀림, 악에 물들기…….

범   나로 말하자면 용맹이 훌륭하기로 천하제일, 백두산 호랑이! 어흥!

학생1   어이구 무서워라. 호 선생이 여기는 어인 일로?

이 수   웩! 웩! 매스꺼워! 역겹다고!

이수, 비틀거리며 무대 뒤로 퇴장한다. 잎이는 조용히 과거 무대로 이동한다.

범   내, 그동안 목숨 하나 보전키 위해 백두산 골짜기에 꼭꼭 숨어만 살았는데 먹을 것 없지, 춥기는 또…….

학생1   옳거니! 그래서 햇볕 따뜻한 이곳으로?

범   한달음에 날아왔지.

학생1   근데 학교엔 어째서?

범   '잘 먹고 잘 사는 법 가르쳐주면 안 잡아먹지'하고 마주친 아주머니마다 붙잡고 물었더니.

학생1	물었더니?
범	하나같이 말하길, 이 학교를 꼭 나와야 한다고 해서.
학생1	헐! 설마 여기 학생이 되려는 건?
범	설마가 너를 잡아먹겠구나. 어흥. 나하고 신분 바꿔주면 안 잡아먹지. 어흥!
학생1	으악. 곶감 있는데, 곶감.
범	어디서 사기 치려고? 어흥! 곶감도 내놔라. 곶감도 먹고 너도 잡아먹을 테다. 어흥!
학생1	호 선생, 범 선생. 진정하시오, 진정. 장난 한 번 한 걸 가지고 뭘 그리 화를 내시고. 알았소. 바꿉시다, 바꿔. 근데 말이오, 대뜸 바꾼다고 댁이 여기 학생처럼 보일 것 같소?
범	그거까지 가르쳐줘야 안 잡아먹지. 어흥!
학생1	좋소, 좋소. 까짓것, 내가 자유 호랑이 되는 기념으로다 서비스 해드리지요. 얘들아, 나와서 우리 학교 학생으로 사는 법 알려드려라.

학생2, 3이 일어나 마당극에 합류한다.

얼굴에 하얀 물감을 잔뜩 묻힌 이수, 서인의 손을 잡고 등장. 멀찌감치 떨어져서 마당극을 본다. 서인은 이수 뒤에서 쑥스러워하며 얼굴에 묻은 흰 물감을 옷소매로 닦아낸다.

학생2   잘 들으시오! 무릇 이 학교 학생이 되려는 이는 비루한 일은 일절 하지 말 것이며 딱 교과서와 스승의 말씀 숭상하기를 하늘처럼 하되…….

범   아따, 호랑이 연암 선생 앞에서 담배 먹던 시절 이야기는 그만하고 진짜를 알려 주렸다.

학생1   그 참, 아주 현대적인 호랑이일세 그려. 좋소이다. 다시 시작하여라, 얘들아.

학생2   거두절미하고 시험 때는.

범   옳거니!

학생2   잠 많이 자는 게 미인 되는 지름길이니 하는 소리는 다 호랑이 줘 버리고 밤 열두 시를 꼴딱 넘기는 건 기본이요, 새벽 두 시, 세 시, 네 시 종소리를 꾀꼬리 소리로 알아들어야만 하오. 안 그랬다간 바로 밟혀 진정 바닥의 맛이라는 걸 온몸으로 체험하게 될 터.

학생3   중학생 때까지는 구경도 못해본 세 자리 등수.

학생2 에고 쓰다. 써!

범 저런!

학생1 벌써 놀라긴 이르다오. 혹시 그 지경 되더라도 정신 줄 놓으면 아니 되오.

학생3 한 순간에 맛이 확 가서 새벽에 '아우우'.

학생2 늑대.

학생3 '캐갱캥캥'.

학생2 여우.

학생3 그렇게 울면서 산으로 들어가버린다는 전설이 있으니.

범 허걱! 호랑이, 하루아침에 늑대, 여우되는 경우가 바로 이것이로구나.

학생1 그래도 학생이 되려오?

범 에이. 다른 쉬운 길도 있겠지. 안 가르쳐주면 너희 몽땅 잡아먹는다, 어흥!

학생들 (함께) 아이구, 무서워라.

학생1 좋소. 이건 비밀인데 말이오, 인심 왕창 쓰리다.

범 그렇지. 비밀 좋아, 비밀.

학생1 남들 공부 못하게 할 팁을 알려드러라, 애들아.

범	좋다, 좋아!
학생3	기숙사의 냉난방 조절 시스템을 해킹하기!
범	그게 무슨 도움이 된다고?
학생3	모르는 소리. 온도를 맘대로 조절해 다른 동료들을 뜨겁게 데워버리거나 차디차게 얼려버려 공부에 집중 못하게 하는 거요.
학생1	그게 방법 하나요!
범	두 번째는?
학생2	아침 기상벨 소리를 한 시간 일찍 울리게 조작하기!
범	아, 그렇게 하면 모두 잠이 부족해 종일 헤롱헤롱 하겠구먼.
학생1	방법, 둘이요!
학생3	다른 나라말과 숫자 놀이와 이 나라말, 이밖에도 한국사, 세계사, 지리, 사회, 물리, 화학, 생물을 공부해야 하는데…….
범	허 참. 뭐가 그리 많소? 어떻게 해내란 말이오?
학생1	걱정 마시오. 방법은 다 있소이다.
학생3	엄마가 시키는 대로 살기!
범	오잉?
학생1	방법, 셋이오!

학생3	이리 가라하면 이리로 쪼로록. 저리 가라하면 저리로 쪼로록. 빡센 스케줄로 인한 굶주림과 숨 쉴 시간 부족이라는 만성 질환이 부작용으로 따라 붙겠지만 무조건 꾹 참을 것. 군소리도 일절 생략.
범	에고, 어렵고만 어려워. 어째 학생으로 살기가 호랑이로 살기보다 더 힘든 것 같소.
학생1	그렇고말고. 쉬울 줄 아셨음 제대로 착각이오.
학생2	그렇게 얻은 자료를 옆의 경쟁자가 훔쳐보지 못하게 눈앞 십 센티미터 거리에 딱 삼십 도 각도로만 펼쳐서 후닥닥 보고 바로 접기.
학생3	별 거 아닌 듯 시치미 떼는 표정 관리는 필수!
범	이거 호랑이 체면에 원……. 진짜로 그 많은 공부가 다 해결되기는 하는 거요?
학생1	뭐든 깊게 오래 생각하지 않도록 주의만 한다면 말이오.
범	그건 또 어째서요?
학생2	공부 말고도 반장 선거, 회장 선거, 이 대회, 요 대회, 저 대회, 이 활동, 저 활동, 활동 활동, 그리고 봉사 활동까지 신경 쓸 일이 산더미.

범	어이쿠!
학생3	그러니 다른 나라말은 서양인 비슷하게 보이게 혀만 좀 굴리고 내용은 얕게, 얕게.
학생2	숫자 놀이는 뇌를 비우고 남이 해놓은 풀이를 들입다 외우는 정도로만 살살, 살살.
학생3	이 나라말은…….

이수가 갑자기 마당극 한가운데로 뛰어들어 소리를 지르며 무대를 휘저어 놓는다. 마당극 하던 학생들은 동작을 멈추고 황당해하며 이수를 바라본다.

이 수	야, 야, 다 그만두지 못해? 온통 거짓뿐이잖아.
학생1	뭐야?
학생2	왜 저래?
범	쟤 뭐야? 연극을 다 망쳐 버렸어.
학생3	뭐 저런 애가 다 있어?

민규, 예린, 준우가 이수 가까이 다가온다.

민 규	누구냐, 쟤?
예 린	윤이수지 누구겠니?
민 규	그 또라이? 얼굴은 왜 저래?
예 린	그러게. 별 거 별 거 다한다.
준 우	이수야, 뭐가 거짓이라는 거야?
이 수	감히 수학을 모독해?
민 규	그냥 웃자고 하는 얘기를 가지고 심각하긴…….
이 수	넌 웃기니, 이게? 웃겨?
준 우	진정해, 이수야. 문학적 풍자로 이해하면 되잖아.
이 수	문학? 문학이 그런 거냐? 자신들이 하는 짓거리를 무대에 올려놓고 '그대로 다 말했으니 우리의 죄를 사해주소서' 이러는 거냐고?
예 린	또 시작이다. 만날 저만 잘 났지, 저 혼자만 똑똑하고.
민 규	윤이수, 좀 쉽게 가자. 뭐가 그리 어렵냐?
이 수	어차피 연극 끝나도 또 그대로 같은 짓 반복할 거잖아. 그럴 거면서 연극은 뭐 하러 하니?

학생들은 모두 고개를 설레설레 저어댄다.

준우, 한쪽에 서 있는 서인을 발견하고 다가간다.

준 우	서인아.
서 인	(깜짝 놀라며) 응? 나?
준 우	넌 어떻게 생각하니? 쟤가 원하는 건 뭘까? 도무지 현실이란 현실은 다 거부하고…….
서 인	그, 글쎄…… 난 잘…….
준 우	아슬아슬해 보여, 윤이수…… 바벨탑 쌓으려고 부질없이 애쓰는 것 같아서.
서 인	바벨탑?
준 우	혼자만의 이상이라는 바벨탑.
서 인	…….
준 우	부서질텐데, 언젠가는…….

이수가 서인에게 손짓한다.

이 수	가자.
서 인	응? 응……. (준우를 쳐다보고 잠깐 머뭇하다 이수에게 간다)
이 수	괜히 나왔어.

서 인	가장행렬 참석하자며?
이 수	여기 넓은 데서 잎이를 맘껏 느껴보려 했는데…….
서 인	잎이처럼 분장까지 했잖아. 근데 왜?
이 수	마당극 봤잖아. 가장행렬이라고 다르겠어? 저 속물들, 진지한 고민도 없이 아무거나 가짜로 흉내만 낼 거 야냐. (토하는 시늉) 웩! 웩!
서 인	그럼 우리 축제는? 잎이 공간 만난 거 축하하자며?
이 수	도로 가자.
서 인	어디?
이 수	(턱짓으로 무대 뒤를 가리키며) 우리의 성. 여기에 더 머무는 것 자체가 잎이에 대한 모독이야.

이수는 서인의 손을 잡고 무대 뒤로 퇴장한다. 다른 학생들이 이수와 서인이 사라진 무대 뒤쪽을 손짓하며 수군거리는 가운데 조명, 어두워진다.

3장

9월 8일, 사건 발생 21일 전. 미술실.

이수는 화이트보드 위에 열심히 수식을 적고 있다. 서인 등장.

서 인   이수야.

이 수   깜짝이야. 내가 문 안 잠갔나?

서 인   이제 괜찮아. 여기 숨어서 사용하는 건 오늘로 끝!

이 수   응?

서 인   우리 미술부, 정식 동아리로 학교에 등록했어. 굉장하지?

이 수   정식 동아리라고? 어떻게?

서 인   준우 있잖아, 우리 반 반장. 미술부 얘기 그냥 해봤는데 같이 하겠다는 거야. 다른 애들도 데리고 오겠대. 준우가 도와줘서 동아리 등록도 바로 됐고. 역시 권력이 좋긴 좋아.

이 수   권력?

서 인   나도 준우하고 학생회 활동 같이 하기로 했어. 미안해서.

이 수   뭐가 미안해?

서 인	곧 전교 회장 선거 있잖아. 2학년 선배의 러닝메이트 부회장 후보로 준우가 나간대. 이수야, 너도 같이 도울래?
이 수	관심 없어, 그딴 거.
서 인	넌 안 해도 돼. 내가 하니까. 준우가 전교 부회장 되면 우리 동아리에도 좋겠지. 잘 됐으면 좋겠어.
이 수	남의 도움 따위 필요 없어.
서 인	그렇지 참. 넌 잎이만 있으면 되니까.
이 수	뭐?
서 인	(당황해서) 이, 잎이는 완벽하잖아.
이 수	물론이지.

이수는 돌아서서 다시 수학 문제에 몰두한다. 서인은 이수 뒤에서 혼잣말처럼 중얼거린다.

서 인	신기해. 2학기 되니까 뭐든 술술 잘 풀려. 진짜 입학 허가는 지금 받은 것 같아. 나도 받아들여졌어. 나도 우리 학교 학생이야, 이젠.

준우, 예린, 민규 등장한다.

예 린 여기였어, 미술실이?

서 인 (흘낏 이수의 눈치를 보며) 어서 와. 얘들아.

민 규 (준우를 가리키며) 오자고 해서 오긴 왔는데…….

준 우 잘 해 보자. 알지? '뭘 했냐'보다 중요한 게 '어떻게 나만의 스토리로 엮어내느냐'니까.

민 규 뭘 엮어? 어떻게?

예 린 예를 들어 네가 사학과를 간다고 해봐. 1학년 때부터 미술사에 관심 있어서 미술부 활동을 쭉 해왔다. 그럼 이 동아리 활동의 의미가 확 살아나는 거지. 이해가 좀 되냐?

민 규 뭐야? 난 경영학과 갈 건데. 미술관 경영에 관심 있었다, 이래야 되는 거야?

예 린 단순 머리하고는.

준 우 동아리 창립 멤버, 이건 어때?

민 규 오! 나쁘지 않은데.

예 린 동아리와 연계해서 봉사 활동이나 다른 활동도 잘 만들어내면 이민규, 그대의 스펙으로 더욱 쓸 만해지겠지요.

민 규	오우, 훌륭합니다. 박예린 양. 역시 잘 나가는 언니 덕에 모르는 게 없군요.
예 린	언니 덕은 무슨? 그런 거 하나 없거든. 이건 고등학생으로서 기본 상식이다, 상식.
민 규	우린 그렇다 쳐도 준우, 넌 하는 거 되게 많잖아. 뭐 하러 이거까지?
예 린	야아.
민 규	왜?
예 린	넌 참. (민규의 어깨를 툭 치면서 서인과 준우를 번갈아 눈짓하지만 민규는 어리둥절하기만 하다)
준 우	(모른 척 시치미 떼며) 동아리 창립 멤버, 이건 누구에게나 의미 있잖아.
민 규	리더십 스펙을 더 빵빵하게 채우시겠다?
준 우	미술부……. 눈에 보이는 일을 뭔가 벌여야 좋긴 한데…….
서 인	뭘 해볼 수 있을까?
예 린	미술부면 작품 전시회지.
민 규	작품? 다음 주부터 공식 유세 시작이야. 엄청 바쁠 거라고.
예 린	선거 네가 나가냐? 네가 왜?

민 규	선거 운동 도와야지. 너도 마찬가지잖아.
준 우	서인이도야.
예 린	아, (서인이를 보며) 너도 학생회 들어왔지?
서 인	(고개를 살짝 끄덕이며) 응…….
민 규	(이수를 가리키며) 여기 미술실 맞긴 맞냐?
예 린	쟨 동아리 잘못 찾아 온 거 아니니?
민 규	윤이수, 넌 미술실에서 무슨 수학을 하냐?
이 수	뭐야, 너희?
민 규	미술부 회원이다. 왜?
이 수	누구 맘대로?
예 린	짜증나. 이래서 내가 윤이수하고 같이 하기 싫다고 했잖아.
준 우	(서인을 보며) 이수, 왜 그러는 거야?
서 인	미안, 미안. (이수에게 다가가) 이수야, 너, 왜 그래?
이 수	다 나가. 개나 소나 함부로 들어오는 데 아니야, 여긴.
민 규	워, 워. 진정하세요. 갑니다, 가요.
예 린	저런 인간, 딱 질색이라니까.
서 인	이수야, 그만해. 미안해, 얘들아. 내가 대신 사과할게.

예 린	좀 제대로 해. 준우가 하도 부탁해서 들어온 거라고.
민 규	헐! 스펙 늘릴 기회란 기회는 하나도 놓치지 않고 다 달려들면서…….
예 린	이민규!
준 우	그만들 해라. 서인이가 무안하겠다.
서 인	다음엔 이런 일 없을 거야. 이수한테는 내가 잘 말할게.
준 우	그래. 미술부 활동에 대해선 선거 끝나고 다시 얘기하자. 가자, 얘들아.

준우, 예린, 민규 퇴장하고 이수와 서인만 남는다.

이 수	여긴 잎이 공간이야.
서 인	이수야.
이 수	저런 애들이 함부로 들락거리게 두라고?
서 인	이 교실 계속 쓰려면 어쩔 수 없어.
이 수	안 돼!
서 인	네가 조금만 양보해. 쟤네, 준우가 어렵게 설득해서 데리고 온 거야.
이 수	신성한 곳이야, 여긴. 타협은 안 돼!

| 서 인 | 타협 말고 활동만 좀 같이 하자고. 뭐라도 해야 해, 난. 너 한텐 미술이 아무것도 아니겠지만…….
| 이 수 | 아무것도 아니라고?
| 서 인 | 너는 수학 말고는 관심 없잖아.
| 이 수 | 고대 그리스 몰라? 수학, 예술, 철학은 하나였어. 유클리드의 완벽한 동그라미, 완전무결한 삼각형, 이거야말로 영원불멸의 예술이야. 여기가 잎이 공간인 것도 그래서고.
| 서 인 | (한숨 쉬며) 알아, 알아. 잎이 공간을 훼손시키지 않도록 내가 조심시킬게. 가끔씩 미술부 모임 있을 때만 잠깐, 일주일에 한 시간이나 될까, 그 정도만 부탁해. 너무 싫으면 넌 그때 잠깐 나가 있어도 돼. 네 물건엔 손도 못 대게, 근처에도 못 가게 할게. 제발 부탁이다, 이수야.

이수가 말없이 서인을 바라보기만 하는 가운데 조명, 어두워진다.

4장

9월 14일, 사건 발생 보름 전. 기숙사 사감실.

사감 선생님은 책상 앞에 앉아서 사무를 보고 있다.
학생4, 등장. 사감 선생님에게 다가간다.

학생4   사감 선생님, 더 이상 못 참겠어요. 제발 방 좀 바꿔주세요.

사 감   왜 그러니? 이미 배정된 방을 바꿀 순 없어. 너도 규정 알
          잖아.

학생4   제가 먼저 미칠 것 같다고요. 또라이 저……. 아휴, 이수 때문
          에요.

사 감   좀 참아봐. 1학기 때 서인이하고는 별 문제 없었는데.

학생4   제발 걔하고 다시 방 쓰라고 해주세요.

사 감   안 돼. 학기마다 방 친구 바꾸는 거 학교 방침이잖아. 다양하
          게 사귀라는 뜻에서.

학생4   저런 애랑 어떻게 사귀어요? 가서 좀 보세요.

사감 선생님, 자리에서 일어난다. 학생4와 함께 사감실을 나서다 학생5, 예린, 서인과 마주친다.

학생5   (심각한 표정의 학생4를 보며) 무슨 일이야?

학생4   너희도 와 봐.

예 린   뭐야?

서 인   왜 그래?

학생5, 예린, 서인과 사감 선생님, 학생4는 함께 이수의 방으로 이동한다.

5장

9월 14일, 사건 발생 보름 전. 기숙사, 이수의 방.

노트를 끼고 침대에 걸터앉아 혼잣말을 중얼거리고 있는 이수.
벽과 책상, 침대마다 흰 종이가 잔뜩 붙어있다.

학생4, 5	(동시에) 으아아!
사 감	(벽과 책상, 침대에 붙은 종이들을 가리키며) 저게 다 뭐야? (서인을 돌아보며) 1학기 때도 이랬어?
서 인	…….(착잡한 표정으로 고개를 살짝 옆으로 흔든다)
이 수	완벽한 토대…… 조금의 흠결도 없는 체계…… .
예 린	뭐라는 거니?
학생4	몰라. 무서워 죽겠어. 만날 저래.
학 생	저 종이들은 뭐야?
예 린	수학 문제 푼 거네.
학생5	수학?

예 린	뭘 놀래? 쟤, 수학에 미쳐있는 거 모르니? 수학으로 잘난 척 하고 수학으로 남들 비웃고 수학으로 혼자만 저렇게 천국 딴 세상 사시고.
학생4	수학만 잘 하면 뭐 하니? (손으로 아래를 가리키며) 지난 학기······.
학생5	바닥? 꼴찌?
학생4	어쩌다 저런 애가 우리 학교 들어온 거야? 우리 학교에 너무 안 어울려.
학생5	혹시 그거 아니야?
학생4	거저먹고 우리 학교 쉽게 들어온다는 그들?
사 감	그만들 해라. 대놓고 그렇게 말하면 안 되지. 확실하지도 않은데······.
학생4	그럼 대놓고 확인하신 이 일은 해결해 주실 거죠?
사 감	이거 참······.
학생4	보셨잖아요. 당장 방 바꿔주세요.
사 감	일단 나가자. 다른 선생님들하고 의논해 볼게.

모두 나가고 서인과 이수만 남는다.

서 인	이수야. 여기서 이러면 안 돼.
이 수	이면의 세계…… 완벽한…….
서 인	다른 애들이 잎이를 오해할 수도 있어.
이 수	오해라니. 절대 안 돼.
서 인	그럼. 너의 잎이인데…….
이 수	우리의 잎이야.
서 인	우리.
이 수	서인아, 우리 다시 같이 지내자.
서 인	방? 안 되는 거 알잖아.
이 수	안 되는 게 어디 있어? 진짜 안 되는 건 저런 속물하고 같은 방 쓰는 거야.
서 인	이수야…….
이 수	신경이 거슬려서 가만있을 수가 없어. (벽에 붙인 종이들을 가리키며) 이렇게라도 정화시켜야지…….
서 인	후유…….
이 수	어서 겨울이 왔으면 좋겠어.
서 인	이제 겨우 초가을이야.

이 수　　　눈이 내려야 해. 펑펑 쏟아져서 저 지저분한 것들 다 덮

　　　　　어버려야 해. 하얗고 깨끗한 세상, 그것만 보고 싶어.

서 인　　　…….

조명이 어두워지면 서인은 퇴장하고 이수는 현재 무대로 이동한다.

6장

당일 저녁 9시, 사건 발생 네 시간 후. 미술실.

잎 이   (자신 얼굴의 가면을 잡아당기며) 벗자, 이거.

이 수   왜 벗어?

잎 이   답이 나왔잖아. 벗을 수 있어.

이 수   안 돼. 벗지 마.

잎 이   왜 안 돼?

이 수   가면이란 그런 거야. 쓰라고 있는 거. 필요하니까 쓰는 거.
          네 멋대로 벗을 순 없어!

잎 이   정신 차려, 윤이수! 현실을 직시해야지.

이 수   현실 직시? 그건 서인이나 하는 말이야. 잎이는 그런 말 하
          면 안 돼!

잎 이   할 거야. 내 맘이야. 맘대로 말하고 내키는 대로 움직이고 이
          것도 벗고.

이 수   (잎이의 손을 잡으며) 안 돼! 그러지 마. 왜 껍질에 집착하
          니? 이딴 거 아무려면 어때? 그냥 뒤도 너는 너야!

잎 이	직접 내 눈으로 답을 확인할 거야.
이 수	눈으로 본다고 손으로 만져본다고 그게 정답은 아니야. 감각을 초월한 데 있다고, 진짜 답이라는 건.
잎 이	놔. 벗을 거야. 난 함수를 풀었단 말이야.
이 수	안 돼! 제발 그대로 있어. 안 그러면 너…….
잎 이	안 그러면 뭐?
이 수	너도 서인이처럼 된다고!
잎 이	서인이처럼?
이 수	서인이처럼. 서인이처럼!
잎 이	너…… 알지? 서인이 왜 저렇게 된 건지? 네가 무슨 짓…….
이 수	나쁜 년.
잎 이	뭐?
이 수	나쁜 년이라고. 강. 서. 인. 나. 쁜. 년!

조명이 어두워지면 이수는 과거 무대로 이동한다.

7장

당일 오후 4시, 사건 발생 한 시간 전. 미술실.

이수, 혼잣말을 중얼거리며 미술실로 다가간다.

이 수　　　궁극의 법칙…… 순수의 세계…… 잎이…….

이수는 미술실 문을 열고 안으로 들어서려다가 안에서 무슨 소리가 들리자 멈춰 선다. 살며시 안을 들여다보니 준우와 서인이 서로 껴안고 입맞춤하고 있다. 이수는 놀라 자신도 모르게 문 뒤로 한 발 물러선다.

준 우　　　서인아, 사랑해.

서 인　　　나도 사랑해, 준우야.

준 우　　　처음 본 순간부터였어, 너한테 반한 건. 조그맣고 여린 인형 같았거든. 몰래 몰래 너만 보고 있던 거 모르지? 왜 늘 우울한 표정일까, 그게 궁금해서, 걱정돼서.

서 인　　　지금은 아니야. 준우야, 나, 요즘 정말 거짓말처럼 행복해.

준 우   정말? 거짓말? 어느 쪽이야? 하하하.

서 인   정말. 호호호.

준 우   널 안아주고 싶다는 생각만 했는데. 다행이야. 이젠 얼굴
        도 환해지고…….

서 인   준우야, 진짜 고마워.

준 우   응?

서 인   미술부. 나 도와주려 가입해 준 거.

준 우   알고 있었어?

서 인   (고개를 끄덕이며) 넌 미술부 활동, 생활 기록부에도 안 올
        릴 거잖아. 그럴 필요도 없고.

준 우   응. 그렇지 뭐.

서 인   다른 활동도 넘치고, 이건 네 스펙에 별로 도움도 안 될거고.

준 우   내게 미술부란 어차피 강서인, 너를 뜻해. 너 빼면 아무것
        도 아니야.

서 인   준우야, 네가 여름 방학때 문자 줘서 내가 얼마나 기뻤는지
        아니?

준 우   사실 그땐 고민 많이 했어. 답 안 주면 어쩌나 하고.

서 인	네가 그때 문자 안 줬으면 내가 여기 돌아왔을까. 집에 가 있으니 이 학교에서 쫓겨난 것 같기만 하고 그만둬야 하나 하는 생각밖에 안 들었거든.
준 우	네가 멀리 있다 생각하니 더 보고 싶었어. 눈 딱 감고 보냈지. 안 그랬음 너 좋아한다는 말 못 꺼내보고 졸업했을지도 몰라.
서 인	그랬다면 지금 난…… 상상하기도 싫다. 이젠 다 좋아.
준 우	너, 홍보부 일 잘 하더라. 멋있어, 강서인.
서 인	난, 1학기 때의 잔뜩 주눅 든 찌질이 강서인이 아니야.
준 우	학생회 일이 점점 더 많아질 거야. 그래서 말인데 이 미술부…….
서 인	접어야겠지?
준 우	어? 바로 그러자는 건 아니고.
서 인	괜찮아. 나도 알아. 미술부 활동은 대입에 전혀 도움 안 되잖아.
준 우	알고 있었네.
서 인	네가 처음 바벨탑 얘기했을 때만 해도 난 이런 거 저런 거 하나 몰랐는데…….

준 우	무슨 바벨탑? 아, 이수의 바벨탑 얘기?
서 인	나도 학생회 활동 하다 보니까 네가 왜 바벨탑 비유를 했는지 이해가 되더라.
준 우	현실 감각이 생겼단 말씀?
서 인	하늘만 바라보며 쌓는 탑이란 결국 부서지기 마련. 땅을 못 보는 이상이란 허망할 뿐. 나도 알지, 누구 덕에. 호호호.
준 우	누굴까? 하하하.
서 인	준우야, 여기 접는 일, 다른 애들한테도 말해야겠지.
준 우	예린이하고 민규는 이해할 거야. 걔네들도 어차피 내년 초에 1학년 신입 멤버만 뽑고 그만 둘 걸.
서 인	동아리 창립 멤버, 그거만 스펙으로 건지겠다는 거지?
준 우	응.
서 인	내년 초까진 우리도 미술부원으로 남아있지 뭐.
준 우	이름만 걸어두는 거니 난 아무래도 상관없어.
서 인	이수한테도 말 하긴 해야 할 텐데……. 걘 덕후 기질이 강해서 어떻게 설명해야할지…….
준 우	이수한테도 미술부는 별 도움 되는 활동은 아니지.

서 인	이번 전시까지만 마치고 어떻게든 이수도 설득해 봐야지.
준 우	네가 편한 대로 해. 급한 건 아니니.
서 인	전시할 작품들 다 되긴 한 거지?
준 우	응. 우리 엄마가 그려주시기로 했으니까. 부족하면 주변에 부탁하면 된다고 하셨고.
서 인	와아, 너희 엄마가 직접?
준 우	미대 나오셨거든. 근데 실은 잔소리를 좀 하셔.
서 인	왜? 너한테 꼭 필요한 거 아닌데 이렇게까지 하냐고?
준 우	나도 좀 찜찜하긴 해.
서 인	다들 그러잖아. 아이디어만 좀 내고는 다른 사람한테 글 쓰게 하고 자기 이름으로 책 내고, 봉사 활동은 억지 시늉만 간신히 하고선 엄청 많은 일 한 것처럼 부풀리고……. 일은 조금, 포장은 과대하게!
준 우	이건 포장이 아니라 통째로 맡긴 거라 말이지.
서 인	이런 작은 전시회 연다고 누구에게 피해를 주는 건 아니잖아.
준 우	하긴 우리가 미대 가려는 것도 아니고…….

서 인   넌 생기부에 올리지도 않을 건데……. 미안해, 준우야. 난
        이것조차 없으면 1학년 생기부에 올릴 활동이 너무 없어.
        학생회 활동은 이제 막 시작했을 뿐이고.

준 우   알았어. 그 대신 절대 비밀이야.

서 인   그럼.

준 우   이수는 전시할 작품 어떻게 할 거래? 예린이, 민규는 어떻
        게든 마련해 오겠지만.

서 인   이수는 어차피 전시회니 미술이니 전혀 관심도 없어. 후유,
        걘 정말 걱정이야. 마냥 자기 세계에만 빠져 있어서. 다른
        애들하고 전혀 못 어울리고 마주치면 싸우고……. 정말 부
        담스러워. 나한테만 너무 의지하잖아.

준 우   심각하구나. 내가 도와줄까?

서 인   정말?

준 우   그럼. 네 일인데.

서 인   고마워, 준우야. 넌 진짜 내 수호신이야.

준 우   수호신? 그게 뭔데?

이수가 일부러 쾅쾅 발소리를 낸다.

서 인	다음에 얘기해줄게. 너 토론 대회 준비하러 가야하잖아.
준 우	응. (밖으로 나가며) 방법을 찾아볼게. 너무 걱정 마.
서 인	고마워. 내겐 너뿐이야.

준우가 나가자마자 문 뒤에 서 있던 이수, 바로 들어온다.

| 서 인 | (화들짝 놀라며) 이수야. |

이수, 서인을 무시하고 묵묵히 화이트보드 앞으로 걸어가 수식을 적기 시작한다.

서 인	이수야…….
이 수	왜? 왜? 왜?
서 인	아, 아니 그냥 네가 갑자기 나타나서…….
이 수	그래서 뭐?
서 인	아니야, 아무것도.
이 수	아무것도 아니라고? 이런 제길!
서 인	이수야.

이 수	무슨 짓이야? 몰라? 여긴 신성한 잎이 공간이야!
서 인	너, 너…….
이 수	그래, 봤다. 아주 볼만하더라. 학교 규칙 3조 2항. 남녀가 짝수로 폐쇄된 공간에 같이 있으면 징계를 받는다. 정학 콱! 콱! 아차차. 스킨십을 빠트렸군요. 정학 며칠로는 어림 도 없죠. 바로 퇴학입니다. 콱! 콱! 콱! 강서인 양, 배준우 군과 나란히 손잡고 이 학교 밖으로 어서 빠이빠이 하세요.
서 인	그만해.
이 수	(억지로 서인의 손을 잡아끌며) 이리 와.
서 인	아파.
이 수	(하얀 물감을 집어 들고 서인의 얼굴에 칠하며) 잎이에게 용서를 빌어. 잎이 공간을 더럽힌 죄. 잎이 앞에서 더러운 입 을 함부로 놀린 죄.
서 인	이수야, 이거 놔. 아프다고. (이수가 잡은 손을 뿌리치고 한 발자국 뒤로 물러선다)
이 수	이래서 내가 처음부터 다른 애들을 못 들어오게 한 거야. 여 긴 나와 잎이의 공간이야. 너도 있을 자격 없어. 더러운 년.
서 인	욕하지 마.

이 수	나가!
서 인	이수야. 미술부도 우리 우정도 이런 식으로 끝낼 순 없어.
이 수	우정? 무슨 우정이 있어, 너 같은 애하고 내가?
서 인	이러지마. 이수야, 서로 얼마나 좋아했는데, 우리.
이 수	몰라, 난. (줄리앙 석고상을 찾아서 집어 들며) 매끈한 콧날의 각도, 딱 맞는 눈의 크기, 완벽한 비례……. 내겐 잎이 뿐이야.
서 인	제발! 이수야, 너도 현실을 봐, 좀!
이 수	무슨 현실? 타협하고 가짜로 스펙 만들고 그러는 현실?
서 인	너 1학기 때 성적.
이 수	엉망이었다고? 그래서 뭐?
서 인	네 꿈은 어쩌고? 그런 성적으로 어떻게 네 꿈을 이루니?
이 수	완벽한 논리 체계를 찾아가는 길은 성적으로 만드는 거 아니거든요.
서 인	이수야, 제발! 너, 언제까지 환상 속에서 살래?
이 수	환상이라니? 이보다 더 리얼한 일이 어디 있다고 그래?

잎이, 말없이 춤을 추며 무대 곳곳을 누비기 시작한다. 이수의 시선은 잎이
를 쫓아 움직인다.
잎이는 이수의 눈에만 보인다.

이 수 　　(줄리앙 석고상을 옆에 내려놓고 잎이를 가리키며) 저기 저
　　　　편, 이면의 세계. 저기 잎이 있잖아. 봐. 하얗고 하얀, 부드
　　　　럽고 부드러운 잎이의 움직임. 이보다 더 확실한 게 어디
　　　　있어? 완벽하고 순수한 나의 잎이, 순도 백 퍼센트의 잎이,
　　　　오점 하나 없는 명징한 존재, 잎이.

서 인 　　그만 좀 해, 자신을 속이는 일.

이 수 　　누가 누굴 속여?

서 인 　　네가 어릴 적에 만들어낸 가상 인물이잖아. 잎이라는 이름
　　　　도 네 이름에서 만들어낸 거고.

이 수 　　내 이름은 윤이수야.

서 인 　　은표였다며? 너 어릴 적 이름.

조명이 어두워지면 이수는 '어린 시절의 과거' 무대로 이동한다. 서인은 그대로 과거 무대에 남아 있다.

8장

이수의 네 살 무렵, 사건 발생 12년 전. 이수의 방.

어린 이수는 레고 블록을 가지고 놀고 있다.

놀이 교구 선생님 등장.

놀이 교구 선생님 안녕, 난 놀이 교구 선생님이야. 반가워.

이 수 난 은표야.

놀이 교구 선생님 은표야, 이거 네가 만든 거야?

이 수 (고개만 *끄덕끄덕*)

놀이 교구 선생님 와아, 멋진 성이네. 은표는 인형 놀이보다 블록 가지고 노는 걸 좋아한다며? 어머니께서 말씀하시던데…….

이 수 (고개만 *끄덕끄덕*)

놀이 교구 선생님 (레고 성 안에서 자그마한 초록색 인형을 집어 들며) 이 친구 이름은 뭐야?

이 수 은표.

놀이 교구 선생님 은표? 너도 은푠데 얘도 은표야?

이 수　　나는 정은표, 얘는 초록 은표.

놀이 교구 선생님　은표와 은표…… 선생님이 헷갈리는데……. 어디 보자. 은
　　　　표, 이유엔 피와이오(EUN PYO). E와 P네. 그럼 EP라고
　　　　할까? 이피, 어때?

이 수　　잎이? 초록 은표, 초록 잎이?

놀이 교구 선생님　잎? 음, 잎 좋은데. 초록 잎, 잎이……. 어차피 발음은 같
　　　　지만 그래도 영어 알파벳 E와 P 말고 잎. 이. 잎이. 예쁘고
　　　　좋다. 그렇지?

이 수　　잎이, 잎이…….

놀이 교구 선생님　(레고 성 안에 잎이 인형을 내려놓으며) 잎이에게 인사해
　　　　볼게. 잎이야, 안녕.

이 수　　잎이야, 안녕.

놀이 교구 선생님　은표야, 선생님하고 매주 재밌게 놀자. 선생님이 재미있는
　　　　거 많이 가지고 있어. 머리 좋아지는 수학 놀이 교구. 은표
　　　　는 블록 놀이 좋아하니까 이것들도 좋아할 거야.

이 수　　(성 안의 잎이 인형을 가리키며) 잎이도 같이.

놀이 교구 선생님　그럼, 그럼. 잎이도 같이.

이 수　　좋아. 잎이도 좋대.

　　　　　　　함수의 값 :잎이와 EP 사이

놀이 교구 선생님 고마워, 잎이야. 선생님도 좋아, 은표야.

이수와 놀이 교구 선생님은 까르르 웃으며 함께 교구 놀이를 한다.

이수 부모의 부부 싸움 소리가 들리기 시작하면 선생님은 천천히 일어나 뒤

로 퇴장.

어린 이수는 혼자서 놀이 교구와 레고 블록을 번갈아가며 가지고 논다.

부모의 부부 싸움 소리 점점 커진다.

이수의 엄마(목소리) 당신, 뭐 하는 사람이야?

이수의 아빠(목소리) 뭐 하는 사람인지 관심이나 있냐?

이수의 엄마(목소리) 넌 네가 하고 싶은 대로만 하고 사는 사람이잖아.

이수의 아빠(목소리) 넌 뭐가 다른데? 뭐가 그리 잘 났는데?

이수의 엄마(목소리) 너 때문에 내 인생이 엉망진창이 돼버렸어. 나가.

이수의 아빠(목소리) 나간다, 나가. 이게 사는 거냐?

이수의 엄마(목소리) 헤어져.

이수의 아빠(목소리) 까짓것 도장 찍어, 당장!

이수는 처음에는 귀를 막다가 서서히 손을 뗀다. 무심한 얼굴로 자신이 만

든 성을 보다가 그 안의 잎이 인형을 집어 든다.

이 수   괜찮아. 잎이야. 이 성은 안전해. 튼튼해. 이 안에선 아무
         소리도 안 들려. 아무 일도 안 일어나. 걱정하지 않아 돼.
         괜찮아. 괜찮아…….

부부 싸움 소리 차츰 잦아든다.
잎이와 대화하며 블록 놀이를 계속하는 이수.

이 수   (노래처럼 가락을 실어 흥얼흥얼) 괜찮아, 괜찮아. 화만 내
         는 아빠도 신경질 내는 엄마도 여기엔 없어. 최고로 안전
         한 성이야. 괜찮아, 괜찮아. 엄마 아빠는 이혼했지만 괜찮
         아. 괜찮아. 엄마는 일 하러 가서 밤에 늦게 올 거야. 그래
         도 괜찮아, 괜찮아. 잎이야. 이 성은 튼튼해. 무서운 괴물
         도 여긴 들어오지 못해. 단단한 성이야. 날카로운 칼도, 센
         미사일도 여기를 뚫지 못해. 괜찮아, 잎이야, 안심해. 여긴
         괜찮아, 괜찮아.

조명이 어두워지면 이수는 과거 무대로 이동한다.

함수의 값 :잎이와 EP 사이

9장

당일 오후 4시 30분, 사건 발생 삼십 분 전. 미술실.

이수는 무대를 향해 혼잣말처럼 자신의 이야기를 늘어놓기 시작한다. 서인은 옆에 서서 이수를 본다.

이 수   엄마는 재혼했어. 집도 내 이름도 바뀌었지. 이사하면서 엄마는 묻지도 않고 블록도 잎이 인형도 다 치워버렸어. 그러거나 말거나. 난 뭐라고 한 마디도 하지 않았어. 난 잎이를 이미 다른 데서 발견했거든.

서 인   수학이지.

이 수   철저하고 완벽한 세계. 깔끔한 논리만 차갑게 움직이는 곳, 모순 없는 질서가 고요히 흐르는 곳.

서 인   잎이의 세상.

이 수   나의 잎이야, 나만의 잎이.

서 인   너만의 잎이. 난 아니고.

이 수	난 잎이만 있으면 돼. 다른 건 아무래도 괜찮아. 새아빠나 새 오빠들이 친절한 척 위선 떨면서 실제론 엄마와 나를 무시하고 경멸하거나 말거나, 다른 애들이 나를 성적 바닥이고 인생 꼴찌인 한심이로 보거나 말거나 아무런 상관없어. 완벽한 잎이 세상이 저기 저렇게 또렷이 존재하잖아.
서 인	잎이는…….
이 수	나의 잎이야.
서 인	너의 잎이, 너만의 잎이 말이야. 지금 생각해보니 영어 알파벳 E와 P, EP라는 이름이 더 어울린다.
이 수	무슨 말 같지 않은 소리야?
서 인	E. P. 유클리드 필라소피(Euclidian Philosophy).
이 수	유클리드 필라소피가 뭐야? 유클리드 기하학이라면 유클리드 지오미트리(Euclidian Geometry), 이쥐(EG)라고.
서 인	아니. 네겐 유클리드 필라소피이고 유클리드 파라다이스겠지. 환상 속에만 있는 성, 현실과 마주하지 못해 도망가려는 도피처, EP.
이 수	환상? 도피처? 네 맘대로 감히? 그럼 네 수호신은? 그것도 환상이라고 하지, 왜?
서 인	내 수호신……. 그거 진짜일까?

이 수	허! 자신의 기억까지 부정하시겠다?
서 인	내 기억……. 기억은 다 맞는 걸까? 만들어낸 기억이라면?
이 수	직접 겪은 일이라며?
서 인	이수야, 내 기억이라고 해서 다 내가 겪은 거라고 할 수 있을까? 그림책이나 동화책에서 본 이야기를 마구 뒤섞어서 새 기억을 창조해낸 거라면?
이 수	눈 속에 밤새 어린 너 혼자 있었다며? 그게 가능하다고 말하는 거야, 지금?
서 인	그날, 할머니가 나가시자마자 눈이 쌓이기 시작한 건 맞아. 혼자였지만 난 울지 않고 잘 참았어. 안 참았으면 어쨌겠어? 그땐 늘 그런 식으로 혼자 견디는 게 매일 매일의 일이었는데…….
이 수	밤새 혼자 버텼다? 어린 너 혼자?
서 인	밤새도록……이었는지도 잘 모르겠어. 어쩌면 한두 시간 정도였을지도 몰라.
이 수	넌 지금 과거를 멋대로 왜곡하고 있어.
서 인	아무래도 상관없어. 어차피 과거의 일이야. 지금 내게 중요한 건 현재고 현실이야. 내가 서 있는 이 자리! 이곳에서의 내 위치!

이 수	더 중요한 일도 있어!
서 인	난, 너처럼 환상에만 빠져 살 여유가 없어. 난, 여기 다른 애들이 입에 거품을 물고 무시해대는 흙수저 출신의 사배 자고 촌년이야. 최악의 조건을 다 갖춘 열등생. 새아빠든 헌아빠든 너처럼 잘난 가족도 없다고. 방학에 오랜만에 집 에 가니 진짜 내 현실이 보이더라. 쓸데없이 사람만 좋은 우리 아빠, 그 사이에 또 사기를 당해서 집이 엉망진창에 엄마하고 동생은……. 아니다. 구질구질한 우리 집 얘긴 그 만하자. 말하기도 지긋지긋해. 내가 어쩌겠니? 발버둥이라 도 쳐야 해, 난.
이 수	그래서? 현실과 타협해서 멋진 스펙 쌓고 성적 올려 좋은 대학 가면 네 인생이 달라질 거 같아? 잘 돼 봐야 평생 잘 난 집 아이들 치다꺼리나 하는 머슴으로 살 뿐이야, 영원 히. 네가 원하는 변호사든 뭐든.
서 인	나도 알아. 출발선이 다르다는 거. 다른 애들은 이미 저만 치 앞서 달리고 있지. 내가 죽어라 뛰어봤자 그들 발끝이나 간신히 따라잡을 뿐이겠지. 하지만 말이야, 그나마도 하지 않으면 난 어떻게 되겠니? 추락! 추락! 추락! 바닥 아래 더 바닥도 있다는 걸 보게 되겠지. 싫어! 싫어!

함수의 값 :잎이와 EP 사이

이 수	벗어나고 싶니? 그럼 걔들을 쫓지 마. 진정한 승리자가 되려면 그들이 벌여놓은 판 자체를 엎어버려야 해. 노예살이, 머슴살이에서 벗어나고 싶니? 우리 원래의 목표 있잖아. 잎이를 향해 나아가는 것. 오직 그 길뿐이야.
서 인	머슴이 될지 왕이 될지 누가 알아? 왜 함부로 예단하는 거야?
이 수	그래서 순결한 잎이를 버리고 전교 부회장에 성적 최상위인 부잣집 아들로 바꿔 탄 거야? 준우 옆에 서 있으면 네 인생이 멋져 보일까봐? 너야말로 환상을 꿈꾸는 거야. 그러려고 가짜 전시회까지 하려는 거잖아.
서 인	환상 아니야.
이 수	현실과 마주하라며? 넌 백마 탄 왕자 잡은 신데렐라가 된 줄 착각하고 있는 거야.
서 인	그런 거 아니야, 준우하고 나는……. 준우는 정말 좋은 애야.
이 수	호오? 진짜로 좋아하기라도 한다?
서 인	진짜로 좋아해. 나도, 준우도. 우리 둘 다.
이 수	끌어안고 뽀뽀하고 만지고……. 에이, 더럽고 추한 것들.

서 인	야!
이 수	1학기 성적표 조작할 때부터 알아봤어야 하는데. 네가 얼마나 추악하고 못난 아이인지.
서 인	뭐? 무슨 소리야?
이 수	난 알고 있었어.
서 인	너 내 물건을 뒤지기까지 한 거야?
이 수	여름 방학 끝에 네가 집 내려갈 준비하던 날, 네 짐에서 삐져나온 걸 우연히 봤을 뿐이야. 너, 어떻게 그럴 수 있니?
서 인	그, 그거…… 별 일 아니야. 진짜 성적표나 나이스에 손을 댄 것도 아니고 집에 보여줄 것만 좀 고친 거야. 집에서 엄마 아빠 잠깐 보여드리고 바로 버렸어. 나이스로 확인들 안 하시니까. 내 진짜 성적표……. 그건 안 되지. 나에 대해 얼마나 기대가 큰 데. 진짜 등수 알면 두 분 다 실망해서 쓰러졌을 거라고.
이 수	별 일 아니라니? 그건 가짜였어. 넌 부모를 감쪽같이 속인 거짓말쟁이라고. 어떻게 네가 그렇게까지 해? 같이 잎이를 느끼고 함께 잎이의 세상을 알아온 네가.
서 인	그거…… 내가 한 거 아니야.
이 수	또 무슨 거짓말을 하려고?

서 인	나 아니야. 잎이가 한 거야.
이 수	강서인!
서 인	잎이야, 잎이. 잎이가 그랬어. 가짜 성적표를 만든 것도, 남의 그림으로 전시회 하려는 것도 다 잎이야, 잎이. 너의 잎이가 그런 거야.
이 수	네가 감히 잎이를, 순결한 나의 잎이를…….
서 인	난 모르는 일이야. 잎이가 그랬어. 난 그런 나쁜 짓 안 해. 난 순수하니까. 깨끗한 하얀 색이니까, 완벽한 강서인이니까. 윤이수가 제일 좋아하는 강서인, 그게 나니까.
이 수	너, 완전 구제불능이구나.
서 인	(주변을 빙 둘러보며) 잎이야. 거기 있지? 잎이야. 말해줘. 네가 다 한 거잖아. 네가 했다고 말해. 잎이야.
이 수	아니야! 잎이는 여기 없어. 더러운, 강서인, 네가 발 딛고 선 곳엔 없어. 잎이가 있는 곳은 저 멀리 저 너머야.
서 인	내가 잎이를 현실 세계로 데리고 왔어. 이곳으로.
이 수	헛소리 그만 해.
서 인	이제 잎이는 허공에 붕 떠 있는 가짜가 아니야.
이 수	잎이를 모독하지 마.

서 인	잎이는 이곳에 있어. 지저분한 쓰레기들하고 같이 먼지투성이가 돼서 뒹굴고 있다고!
이 수	천만에. 잎이가 있는 곳은 저 너머야. 저 건너라고. 맑은 물소리 들리는 곳, 1급수 물이 흐르는 곳.

서인은 멍하니 이수를 바라보다가 느닷없이 줄리앙 석고상을 집어 들고 창틀에 올라선다. 잎이는 줄리앙 석고상 뒤에 붙어 서서 그 석고상과 같이 움직인다.

서 인	(줄리앙 석고상을 바라보며) 잎이야, 순백의 순수, 잎이야.
이 수	뭐 하는 거야, 너?
서 인	잎이야, 네가 문제야, 문제.
이 수	내려 놔.
서 인	잎이야, 미안하지만 넌 사라져야만 해.

서인은 줄리앙 석고상을 창문 밖으로 내민다. 잎이도 석고상과 함께 창밖 쪽으로 몸이 기울어 금세라도 아래로 떨어질 듯 위태롭다.

이 수   안 돼! 내려 놔.

서 인   환상은 부숴야지. 그래야 진짜 잎이가 여기로 내려오지. 뿌
           연 황사와 미세먼지 가득한 현실, 이곳으로.

이 수   안 돼! 그거 놔.

*이수는 서인이 서 있는 창가로 의자를 끌고 와 위에 올라선다. 이수는 서인이
들고 있는 줄리앙 석고상과 그 뒤의 잎이까지 잡기위해 애쓴다. 서인은 석고
상을 뺏기지 않으려 몸을 비튼다. 그러느라 둘은 창문에서 위험하게 엎치락뒤
치락 한다.*

*이수는 간신히 줄리앙 석고상과 잎이를 잡지만 그 바람에 서인을 밀치게 되
고 서인은 창문 밖으로 떨어진다.*

*'악!' 비명 소리, 그리고 '쿵'하고 서인이 바닥에 부딪히는 소리가 차례로 들
린다.*

이 수   (의자에서 내려와 바닥에 주저앉으며 넋 나간 표정으로) 잎
           이야, 너 괜찮은 거지? 무사한 거지? 잎이야, 잎이야…….

조명이 어두워지고 이수는 현재 무대로 이동한다.

10장

당일 저녁 10시, 사건 발생 다섯 시간 후. 미술실.

이수는 화이트보드에 함수 문제를 풀고 있고 잎이는 무대 곳곳을 자유로이
누비고 있다.

잎 이   잎이는 누구인가.

이 수   함수 f(x)=y.

잎 이   y 이콜 잎이.

이 수   x=y, y=x가 되는 x값은?

잎 이   이수.

이 수   나?

잎 이   나, 잎이 이콜 이수, 너.

이 수   (쥐고 있던 칠판펜을 화이트보드 받침대에 내려놓고 잎이
          에게 다가가) 말도 안 돼. 네가 나라면 내가 하자는 대로
          내 생각대로 움직여야 하잖아. 근데 널 봐. 넌 네 맘대로
          네 멋대로 이리로 저리로 아무렇게나…….

잎 이	넌 너 자신에 대해 다 알고 있니?
이 수	당연하지. 난데 왜 몰라, 나를?
잎 이	과연 그럴까? 직접 네 눈으로 확인해봐. 너는 너지만 너 아닌 너를.

잎이가 가면을 벗으려 한다. 이수는 한 손으로 그걸 막고 다른 손으로는 자신의 호주머니에서 잎이가 쓴 것과 똑같은 가면을 꺼내 자신의 얼굴에 쓴다.

이 수	아니야. 잎이야, 넌 내가 아니야. 잘 봐.

둘은 마주선다. 이수가 움직이면 잎이는 이수의 거울 속 모습처럼 동작을 따라한다.

이 수	내가 오른손을 들면 넌 왼손을 들지. 내가 이렇게 왼쪽으로 돌면 넌 오른쪽으로 몸을 돌리잖아. 넌 나하고 달라.

이수는 동작을 멈추고 혼잣말에 빠져든다. 잎이는 다시 무대 이곳저곳을 돌아다니기 시작한다. 뱅그르르 제자리를 돌다가 무대 위를 가벼이 누비며 춤을 추기도 한다.

이 수   넌 완벽해. 모든 것의 기본이며 원형. 순수한 결정체. 네가
         있는 곳은 저기 저 너머 저 건너. 맑은 물소리 들리는 곳,
         1급수 물이 졸졸졸 흐르는 곳. 작고 귀여운 새의 청명한 노
         랫소리 들리고 연초록 나뭇잎, 햇살을 받아 투명하게 빛나
         는 곳. 순결한 산소 내음 가득하고 티끌 하나 없는 아이의
         맑은 웃음소리 들리는 곳……. 잎이야, 넌 무사해. 괜찮아.
         거긴 안전해. 튼튼해. 언제까지라도 영원히, 영원히…….

이수, 혼잣말을 멈추고 잎이를 맥없이 바라보다 바닥에 주저앉아 머리를 감싸
안는다. 그러다 불현듯 일어서며 잎이를 보고 악을 쓰듯 소리를 지른다.

이 수   넌 누구니? 넌 무사하다고? 너만 괜찮다고? 넌 누구야? 난
         모르겠어. 넌 누구니? 정말 모르겠어. 난 모르겠어, 몰라.
         대체…… 넌…… 누. 구. 냐. 고?

막이 내린다.

수업시간에 희곡 활용하기

『함수의 값: 잎이와 EP 사이』는 희곡이다. 시나 소설에 비해 희곡이라는 장르를 낯설게 여기는 사람들이 많으므로 이에 대해 좀 얘기해보려 한다.

희곡

연극을 무대에 올리기 위한 대본. 연극이라는 무대를 통해 관객을 만나야만 희곡이 비로소 완성된다고 얘기하는 사람들도 있다. 그만큼 희곡과 연극은 떼려야 뗄 수 없는 둘이면서 하나인 가까운 사이다. 하지만 희곡은 문학의 한 장르이기도 하다. 즉, 글 자체로도 완결성을 지녀야만 한다.

'연극성'과 '문학성'은 한 희곡 안에서 긴밀한 관계로 얽혀있고 그래야만 희곡이 희곡으로서의 가치가 있다. 그럼에도 불구하고 『함수의 값: 잎이와 EP 사이』는 '연극성'보다 희곡의 '문학성'이라는 측면에 더 치중해서 썼음을 미리 밝힌다. '연극성'을 배제했다는 이야기는 아니다. 다만 현재 우리나라에서 청소년이 읽을 만한 희곡이 드물기에 이 작품을 통해 좀 더 많은 청소년이 희곡이라는 장르에 가까워지기를 바라는 마음에서 읽기에도 좋은 작품을 쓰려고 했다.

희곡은 소설 읽을 때와는 다른 독서 체험을 안겨준다. 희곡은 소설과 달리 주인공의 심리나 주변 상황에 대한 설명 없이 바로 사건의 현장 안으로 독자를 던져 놓는다. 묘사나 설명 대산 주인공의 동작과 대사가 등장한다. 그러므로 희곡 읽기가 낯설고 쉽지 않게 여겨질 수도 있다. 하지만 조금만 익숙해지면 소설과 또 다른 재미를 희곡에서 느낄 수 있을 것이다.

햄릿   **To be, or not to be.**

-윌리엄 셰익스피어의 『햄릿』 중에서

셰익스피어의 『햄릿』을 예로 들어보겠다. 햄릿이 "To be, or not to be (일반적으로 '사느냐, 죽느냐'로 알려졌다. 하지만 이 번역으로는 존재에 대한 깊은 고민을 담은 원문을 잘 살리지 못한다는 지적도 많으므로 원문을 밝혔다)"를 읊조리며 고뇌하는 장면이 있다. 소설에서라면 햄릿이 어떤 표정을 지으며 어느 고민을 하면서 이 말을 하고 있는지 주변 상황 묘사와 더불어 햄릿의 심리를 설명하는 글이 뒤따를 것이다. 그러나 『햄릿』은 희곡이기에 바로 햄릿의 고뇌 한가운데로 직진한다. 복수라는 행동을 앞두고 존재의 문제까지 파고들며 어느 길을 선택할지 고민하고 또 고민하는 햄릿. 희곡은 우리로 하여금 그 햄릿의 마음 한가운데로 바로 들어가 함께 고뇌하게 한다. 희곡의 묘미가 바로 여기에 있다. 내가 햄릿이 되어 공감하며 "To be, or not to be"를 외칠 때 희곡은 바로 나의 연극으로 완성되는 것이다.

이런 식으로 희곡은 '주인공과 하나 되기'를 통해 일종의 연극 체험을 경험하게 해준다. 희곡을 좋아하며 쓰게 되는 이유도 이처럼 주인공의 마음 한가운데로 바로 뛰어들 수 있어서다.

새로운 작품을 구상하는 단계는 대체로 이러하다. 어떤 책이나 신문 기사를 읽고 마음에 확 꽂히는 것이 있을 때, 또는 누군가에게 남다른 사연을 들을 때, 산책하는 길이나 시장, 서점 같은 데서 멍하니 사람들을 바라보다가 나도 모르게 어느 순간, 새로운 인물 하나가 내 안에서 꿈틀거리며 태어나게 된다. 그가 서서히 사람 모양을 갖추며 몸을 움직이기 시작하면서 제일 처음 하는 일은 '말'이다. 내 귀에 대고 그는 중얼중얼 말을 한다. 때로는 조곤조곤 속삭이듯 작은 목소리로, 때로는 비명에 가까운 고함 소리를 토해내며 답답하다며 자신을 좀 알아달라고 호소하고 또 억울해하며 가슴을 치고 또는 잘난 척 비아냥거리기도 하고 어느 때는 눈물범벅이 되어 절망적인 문구를, 또 때로는 하하 호호 즐겁다고 웃음을 터뜨리며 기쁨이 가득한 말을 마구 쏟아낸다. 그 말, 말, 말…… 정신없이 받아 적다 보면 어느새 희곡이다. 희곡의 모양을 한 글이다. 물론 세상에 내놓을 희곡으로 나아가기까진 기나긴 추가 작업이 따라야한다. 이처럼 주인공의 마음 한가운데로 바로 직진, 이것이 내가 생각하는 희곡의 가장 큰 매력이다. 쓸 때나 읽을 때 모두 말이다.

공연 구성원

작가 연극의 기본틀이 되는 희곡을 창작한다.

연출 희곡을 해석, 연극의 방향을 잡고 전체를 총괄한다.

배우 무대에서 대사와 행동으로 등장인물을 연기한다.

스태프 음향, 조명, 의상, 무대, 소품, 분장 등 공연을 구성하는 세부적인 요소들을 맡는다.

희곡 읽기는 너른 상상력의 바다에 풍덩 뛰어들어 마음껏 신나게 헤엄치는 일과도 같다. 스스로 주인공이 되어 무대에 서는 장면을 상상하며 소리 내어 읽어보면 그냥 눈으로만 읽을 때보다 더 강렬한 경험을 해볼 수 있을 것이다. 또 자신이 연출가라면 이 희곡을 가지고 어떤 연극을 만들지 생각하며 읽어보는 방법도 흥미롭다. 무대를 어떻게 설계할지 조명이나 소품은 어떻게 하면 좋을지 무대 스태프의 입장이 되어 궁리하면서 읽어도 재미있다.

여러분도 희곡을 통해 다양한 체험을 해보길 권한다. 연극 무대를 상상해가며 희곡을 읽으면 연극을 간접 체험할 수 있다. 동아리나 학교 수업에서 공연을 통해 직접 연극 체험을 할 수 있다면 더욱 좋다. 멋진 무대 시설

이나 조명, 의상 등을 제대로 갖춘 무대가 아니어도 된다. 빙 둘러앉아 각자 맡은 배역의 대사를 실감나게 읽어보는 낭독 공연도 좋다. 어느 형태의 공연이든 준비 과정에서 희곡의 내용에 대해 충분히 토론하는 것이 좋다. 주인공별 성격이나 행동방식에 대해 분석하며 연출과 배우가 서로 의견을 나누는 것은 중요하다. 배우들의 의견에 따라 또한 연출하는 이의 해석과 스타일에 따라 얼마든지 다른 연극이 탄생할 수 있기 때문이다.

희곡 『베르나르다 알바의 집』

페데리코 가르시아 로르카의 3대 비극 중 하나로, 스페인 여인들의 숙명적 사랑에 대해 다루었다. 인간의 본성을 억압할 때 어떤 비극이 일어나는지 고찰하였다.

극작가 페데리코 가르시아 로르카

1898년 6월 6일 스페인 남부의 푸엔테바케로스에서 태어났다. 문학뿐만 아니라 음악, 미술, 연극 등 예술 전반에 걸쳐 다양한 활동을 했다. 산문집 『인상과 풍경』, 시집 『시의 책』, 희곡 『피의 결혼식』, 『예르마』, 『베르나르다 알바의 집』 등을 썼다.

2년 전에 아마추어 연극팀에 들어가 연극 공연에 참여한 일이 있다. 대안마을 공간인 서울 마포구의 '우리동네 나무그늘'이라는 곳에서 희곡을 읽고 토론하고 연기의 기본을 익혔다. 마을 주민들로 이루어진 소박한 아마추어 극단에 참여했던 것이지만 두어 번 마포아트센터에서 공연까지 했으니 나로선 꽤 인상 깊은 연극 경험을 해본 셈이다.

페데리코 가르시아 로르카의 『베르나르다 알바의 집』을 공연했던 일이 생각난다. 이 희곡의 일부를 발췌하여 무대에 올렸는데, 공연에 참여한 우리 모두가 각자 자신의 경험담과 생각을 본격 연극 공연과 번갈아 가며 발표한 독특한 무대였다. 『베르나르다 알바의 집』이라는 작품이 스페인 시골에 사는 여인들의 이야기이므로 현재 우리나라에 사는 여인인 우리 스스로의 삶과 비교해가며 자신을 돌아보자는 취지에서 다큐멘터리와 본격 연극을 혼합하여 무대에 올렸던 것이다. 지도해주신 연출가 권은영 선생님이 '본인들의 이야기를 무대를 통해 전달하는 다큐멘터리 연극'의 전문가여서 이런 무대가 꾸며진 것이기도 했다. 연기 경험이 부족한 아마추어들이 시도해보기에 좋은 연극 형태가 아닌가 생각한다.

『죽음과 소녀』, 『목화밭의 고독 속에서』 등 몇 가지 희곡을 함께 읽고 그 가운데 자신이 좋아하는 부분을 발췌해 무대에서 읽는 낭독 공연도 했다. 두 명씩 짝을 지어 함께 읽을 희곡의 부분을 정하고 배역을 나눠 연습을 한 다음 무대에 대본을 들고 올라가 읽었다. 낭독 공연도 어느 정도 '연기'를 하며 읽는 것이긴 하나 공연 중에 대사를 잊어버리면 어쩌나 하는 부담(이게 아마추어들에게는 생각보다 크게 다가온다)이 없어서 훨씬 마음 편하게 공연을 할 수 있었다.

짧은 무대 경험이긴 하나 확실히 연극을 직접 공연 해본다는 것은 놀라운 체험이었다. <베르나르다 알바의 집> 연극의 경우, 주인공인 베르나르다 알바의 역할을 여러 명이 나누어서 했고 나도 잠깐 그 역할을 할 수 있었다. 그런데 무대에서 내가 맡은 대사를 말하며 감정이 몹시 격해졌던 기억이 난다. 잠깐이었지만 말 그대로 주인공과 하나가 되었던 것이다. 덕분에 다시 다큐멘터리 장면으로 넘어갈 때 감정이 가라앉지 않아 고생을 했다. 그런 느낌은 처음 경험해보는 거라 무척 놀라웠다. 인쇄된 글이라는 2차원 세계에 고정돼 있어 보이던 희곡이 펄떡이며 숨 쉬는 3차원의 생물로 살아나는 현장을 직접 체험한 것이니까 말이다. 이후에 희곡을 쓰거나 읽을 때 이 경험이 크게 도움이 되었다. 생생하게 살아 움직이는 주인공, 그를 희곡을 쓸 때나 읽을 때 매번 생각하게 되었으니 말이다. 여러분도 이런 경험을 꼭 해보았으면 한다.

희곡 활용하기

1. 희곡 그대로 충실히 공연하기
2. 무대에 대본을 들고 올라가 낭독 공연하기
3. 희곡 일부를 발췌하거나 축약하여 공연하기
4. 희곡을 다르게 해석하여 새로운 방법으로 연출하기

『함수의 값: 잎이와 EP 사이』는 제법 긴 장막극이라 학교 수업이나 동아리 모임에서 연극 무대에 올리기가 쉽지 않을 수도 있다. 전체 희곡을 상연하려면 한 시간 반에서 두 시간 정도 걸린다. 희곡 전체를 그대로 무대에 올리는 것이 가장 이상적이지만, 사정이 여의치 않을 때는 일부분만 발췌해서 활용하는 것도 한 방법이다. 내가 했던 연극처럼, 대한민국 고등학생으로서의 여러분의 삶 이야기를 풀어놓는 다큐멘터리 연극과 희곡을 발췌한 부분의 본격 연극을 번갈아 함께 꾸며본다면 꽤 흥미로운 작업이 될 것이다.

이밖에도 각색을 하거나 2막 2장의 마당극 부분만 따로 떼어 연극으로 꾸며 보는 등 여러분만의 방식으로 무대를 꾸며볼 다양한 방법이 있을 것이다. 몇 가지 예를 들어보겠다. 이런 경우 여러분이라면 어떻게 할지 생각해 보기 바란다.

이 작품을 무대에 올릴 경우 '잎이'와 'EP'가 발음이 똑같아 관객들이 혼란을 느낄 수도 있다. 여러분이 연출가라면 이 부분을 연극 무대에서 어떻게 해결할 수 있을까? 또, 희곡 작품 속에서 잎이는 하얀 옷을 입고 하얀 가면을 쓴 사람으로 나오는데 잎이의 모습을 무대 위에서 표현할 다른 방식은 없을까? 연극 시간을 줄이기 위해 일부 내용을 바꿔 보는 건 어떨까? 예를 들어 1막 4장이나 7장을 간략하게 줄여보는 방법이 있겠다. 이때 주의하여야 할 점은 전체 이야기의 흐름을 망가뜨리지 않아야 한다는 것이다. 그러려면 어떻게 해야 할까? 이는 연출의 방향을 어떻게 잡을 것인지에 따라 달라질 것이다. 주인공의 이상과 현실 사이의 갈등에 초점을 맞출 것인지, 열등감에 중점을 둘 것인지, 또는 그 둘을 다 아우르거나 전혀 다른 길을 잡을 것인지, 각색이나 희곡의 내용을 축약하는 것은 그러한 연출 방향에 맞춰 신중하게 해야만 한다.

이처럼 다양한 방식으로 접근이 가능한 것이 희곡의 매력이다. 자, 이제 여러분 나름의 길을 찾아 희곡이란 멋진 신세계에 풍덩 빠져보기 바란다.

작가의 말

 오랜만에 책을 내게 되었습니다. 『한 눈 팔기 대장, 지우』로부터 무려 11년이 지났으니 말입니다. 좀 아프기도 했고 이래저래 핑곗거리들이 없지는 않았습니다만 5년 정도는 아예 글 한 자 안 쓰고 지내기도 했습니다, 그러다 다시 펜을 잡으려니 참 쉽지 않았습니다.

 한 아이를 키우는데 온 마을이 필요하다는 말이 실감납니다. 이 작은 책 하나를 다시 이뤄내는데도 마을 하나 버금가는 많은 이들의 도움이 있었습니다. 생일 선물로 만년필을 안겨 줘 제가 다시 글 세계로 발을 내디디게끔 해 준 현서, 십 년이 넘는 오랜 기간 동안 함께 성장해온 글 동지 여러분, 응원해준 친구들, 또한 알모와 알모책방에서 만난 여러분들, 가족 여러분 모두 감사합니다. 이 책을 위해 많은 수고를 아끼지 않고 애써주신 바람의 아이들 편집부 및 직원 여러분들께도 진심으로 감사드립니다. 그리고 어설픈

제 글이 희곡 모양을 갖추도록 귀한 시간을 내어 큰 도움을 주신 김성배 선생님께 특별히 더 감사하다는 말씀 드립니다.

『함수의 값: 잎이와 EP 사이』는 꽤 오래된 글입니다. 바람의아이들 출판사와 첫 인연을 맺게 된 작품이기도 하고요. 11년 전에 '잎이와 EP 사이'라는 짧은 청소년 단편 소설을 바람의아이들에 투고했거든요. 최윤정 선생님은 그걸 눈여겨보시고 단편으로든 장편으로든 다시 고쳐 써보라고 권유하셨습니다. 그 작품이 이토록 오랜 시간을 거쳐 그것도 전혀 다른 장르인 희곡으로 모양을 잡게 될지는 최 선생님도 저도 그땐 전혀 몰랐습니다. 그런데 사실은 이 작품의 첫 구상은 제 고등학생 시절까지 더 세월을 거슬러 올라갑니다. 수학이라는 이상 세계에 빠져 있는 주인공이 그때부터 저를 사로잡았거든요. 일부는 저 자신의 모습이기도 했으니까요. 언젠가는 이 이야기를 꼭 써보고 싶다는 열망이 결국 저를 작가의 길로 이끌었습니다. 『함수의 값: 잎이와 EP 사이』는 제겐 무척 뜻깊은 작품입니다.

아직 많이 부족하지만 제가 이나마 작품을 완성해내기까지엔 최윤정 선생님의 힘이 가장 큽니다. 솔직히 이 작품이 나오기 전까지 최윤정 선생님께 수많은 글을 퇴짜 맞았습니다. 물론 저도 퇴짜를 맞던 그 순간마다 솔직히 속상하고 힘들었습니다. 하지만 그런 숱한 퇴짜 경험이 없었다면 오늘 『함수의 값: 잎이와 EP 사이』가 태어날 수 없었을 겁니다.

매서운 칼바람 몰아치는 시베리아 벌판에 '문학'이라는 깃대 하나 들고 홀로 서 있는 이. 바람의아이들 최윤정 선생님을 생각할 때마다 떠오르는 이미지입니다. 제 주변의 많은 이들이 "왜 그곳만 길이냐, 너는 왜 그 깃발만 문학이라고 생각하냐"며 저를 비난하기도 했습니다. 그렇죠. 문학이 얼마나 다양한 얼굴을 하고 있는데 그 길과 그 깃발만이 문학이겠습니까. 하지만 저는 최윤정 선생님이 지키고 서 있는 그 험한 시베리아 벌판, 그곳까지 일단 가보고 싶었습니다. 선생님이 외로이 들고 서 있는 그 깃발의 끄트머리라도 구경해보고 싶었습니다. 모처럼 만에 책을 출간하게 된 지금, 저는 그 깃발 아래 성큼 다가섰다는 기쁨에 잠깐 마음이 설렙니다. 하지만 과연 그럴까요? 저는 그곳에 도달해 있는 걸까요? 천만에요. 아직 멀었습니다. 다만, 그걸 깨닫는 정도까진 온 것 같습니다.

앞으로 더욱 노력해볼 참입니다. 그러다 보면 저도 언젠가 어느 곳엔가 깃발 하나 꽂고 비바람 아랑곳 않고 우뚝 서게 될 날이 올지도 모르지요. 그곳이 시베리아가 될지 남극이나 북극이 될지, 또는 적도 한가운데 뙤약볕이 될지……. 저도 궁금합니다.

감사합니다.